臼田亜浪の光彩

加藤哲也

東京四季出版

序に代えて　臼田亜浪とはなにものだったのか

さて、これから「臼田亜浪」という俳人についての論を展開させていただきたいと思っている。しかし、どれだけの方がこの俳人のことを知っているだろうか。臼田亜浪についての話を始める前に、この俳人がなにものかというぐらいの解説はしておいた方がいいだろう。そして今なぜ臼田亜浪かということについてもである。

東京四季出版の『現代一〇〇名句集①』に臼田亜浪の第一句集『亜浪句鈔』が採録されており、その最初に亜浪に関する略歴が掲載されている。それを引用する。

明治十二年二月一日、長野県小諸町（現・小諸市）に生まれた。本名・卯一郎。

小学校卒業後、藩儒・角田忠雄や小諸義塾に学ぶが、二十九年、上京。苦学しながら、工手学校、明治法律学校、和仏法律学校などに学ぶが、やがて三十七年に法政大学を卒業。俳句は少年期に一兎の俳号で月並俳句を作ったが、上京後、子規に会って日本派を学ぶ。大正四年、大須賀乙字の協力を得て「石楠」創刊。当時の守旧的思想を排して、力に満ちた生命の俳句を提唱。作句の心は〈まこと〉にあるとし、主情的で雄渾な表現が特徴であったが、のちに清澄で平明な句が多くなった。昭和十年頃には三千人を越す門下があった。昭和二十六年十一月十一日没。享年七十二。

句集『亜浪句鈔』（大十四）『旅人』（昭十二）『白道』（昭二十一）『定本亜浪句集』（昭二十四）『臼田亜浪全句集』（昭五十二）ほか。

ここに挙げた最初の四つの句集に基づき、年代順に亜浪の俳句観も交えながら、亜浪が目指した俳句とは何かを明らかにしていきたいと思っている。

ここで、私の選んだ亜浪の代表三句を挙げておこう。

木曾路ゆく我れも旅人散る木の葉

郭公や何處までゆかば人に逢はむ

今日も暮るる吹雪の底の大日輪

これらの句が、先に挙げた「作句の心は〈まこと〉にあるとし、主情的で雄渾な表現が特徴であった」という評価に繋がっている。芭蕉のような漂泊の思いの中に、「まこと」の精神が宿っていると言っていい。個々の句の解釈は今後の論説の中で詳細に論じていくことになる。

先の引用文の解説に加えて、二つほど補足しておきたいことがある。その一つが俳壇史における亜浪の位置付けの問題であり、それに近いが微妙に異なる、亜浪が俳壇に果たした役割についてである。

近代俳句史を今一度紐解いてみよう。子規に始まった近代俳句は、高浜虚子と河東碧梧桐の大きな対立により分裂する。近代俳句の黎明期とも呼ぶべき明治末期から大正期において、亜浪も初期には虚子の「ホトトギス」に所属したが、次第にその守旧的傾向に飽きたらず、「ホトトギス」を離脱する。一方で、詩的傾向を強めて従来の俳句から大きく逸脱を始めた碧梧桐の新傾向にも異を唱えた。大正四年に「石楠」を創刊したことがまさにこれに当たる。亜浪は、虚子と碧梧桐のいずれとも距離をおいた独自の俳句を展開した。それが、命の俳句、「まこと」の俳句ということになる。この営為は、言ってみれば、昭和六年に水原秋桜子が「自然の真と文芸上の真」を発表してホトトギスを離脱したのとよく似ている。秋桜子よりも十七年も前にホトトギスの守旧的傾向を排し、俳句の詩的傾向に対して警鐘を鳴らした俳人がいたことはもっと特筆されてしかるべきだろう。

次に、亜浪が俳壇に果たした役割について考えてみたい。先の引用にもあったように、昭和十年頃には三千人を越す門下があり、一大勢力を形成していた。亜浪は昭和二十六年に亡くなり、「石楠」そのものはその後消滅する。しかし、亜浪の愛弟子である大野林火は俳誌「濱」を創刊するとともに、戦後の重要な時期（昭和二十八年〜昭和三十一年）に角川「俳句」の編集長となり、社会性俳句など戦後俳句を牽引した。さらに、昭和五十三年から亡くなる昭和五十七年まで、俳人協会会長の要職にあって俳壇全体を導いた。俳壇への功績はこれにとどまらない。以上にも関連するが、先の『現代一〇〇名句集①』の臼田亜浪第一句集『亜浪句鈔』の解題（筑紫磐井）より引用する。

終戦まで、「石楠」は順調に発展し、初期の飛鳥田孋無公・松村巨湫・今枝蝶人・原田種茅、昭和に入り、太田鴻村・大野林火・栗生純夫・川本臥風・林原耒井・甲田鐘一路、その後篠原梵・八木絵馬・西垣脩・油布五線など豊富な人材を輩出したにもかかわらず、現在亜浪及び「石楠」の評価は適正に行われていない。

大野林火の後継者として「濱」を継承・主宰した松崎鉄之介も平成になってから俳人協会会長を歴任し、近年まで同じく「濱」同人の宮津昭彦が俳人協会理事長の要職にあった。

このように、亜浪の弟子、そして「石楠」系の俳人が俳壇で果たしてきた役割はかなり大きなものがあると言えるだろう。それにも関わらず、筑紫磐井も言っているように、「現在亜浪及び『石楠』の評価は適正に行われていない」というのが実情なのである。最後にその理由について考えてみたい。

俳壇史を語る場合、二つの対立極を軸にその変遷が語られるというのが一般的なようである。これは、平井照敏が「現代俳句の行方」と題した小論の中で明確にしているが（『現代の俳句』平井照敏編）、確かにそのようにすると図式が単純化され理解しやすい。俳壇近代史における初期の興亡は、虚子と碧梧桐の対立、その後の虚子と秋桜子の対立という形で大きく捉えられてきたのである。そのような対立軸の中にあっては、どうしても両者の中間的立場にある者は埋没しやすい。それは当然であって、対立のみがクローズアップされる世界にあっては、中間者の説明など不要だからである。

さらに秋桜子のホトトギス離脱以降は俳壇の注目は新興俳句へ移り、さらには人間探求派を経て、戦後直後の第二芸術論の発表というセンセーショナルなうねりの中に埋没し、亜浪自身が再び顧みられることはなかったのである。

しかし、亜浪が俳壇史において果たした役割はすでに記した通りであり、無視されるべきものではない。亜浪の功績を個々の俳句から具体的に明らかにしていくのが、本稿の目的である。

さらにもう一つ、なぜいま「臼田亜浪」かという点について言及しておきたい。

亜浪が俳句について説いた主張に「まこと」の精神がある。これは、江戸期談林俳諧の上島鬼貫が最初に提示したものであるが、このことに関連して引用したい文章がある。尾形仂の名著『座の文学』の中の一節「俳諧はなくてもあるべし」から引用する。

芭蕉が「俳諧はなくてもあるべし」（作品としての俳句はなくてもよい）とまで極言して、俳諧をば、世情に和し、人情に通じて、人間を完成する道であるとした（中略）。作品を越えたところにある俳諧、俳諧的な人生態度とは、すなわち、俳諧的な機知による高度の笑いをもって、人間連帯を回復し、生きることの楽しみをともにしてゆくことだとはいえはすまいか。

鬼貫の「まこと」は芭蕉にも引き継がれており、それは人間を完成する道であり、人間連帯を回復する道でもあった。亜浪もまさにそこを目指していた。人間関係のますます希薄になってゆく現代にこそ、亜浪の「まこと」の精神が希求される意味はここにある。いまは「インターネット句会」と呼ばれる句座もあり、それらは顔の見えない座であり芸術至上主義のように一見思われるが、恐らくはそうではあるまい。もちろん芸術への思いはあるものの、若者がメールで繋がっていないと生きていけないのと同様、ネット上で繋がっているという「連帯」の中にあるのではないか。その意味で、現在においても「座の文学」は生きているし、俳句的生き方というものも決して死語ではないと思われるのである。

臼田亜浪の光彩　目次

臼田亜浪小史

本論に入る前に、まず最初に、臼田亜浪の生涯の概要、言うなれば俳句人生の全体像を簡単に書いておきたい。その後で、詳細について解説する方が分かりやすいと思うからである。

臼田亜浪の略歴

臼田亜浪は、明治十二年二月、長野県小諸町、現在の小諸市で生まれた。本名は卯一郎。「ホトトギス」の高浜虚子と同世代である。

小諸市は、有名な小諸城址懐古園のある城下町で、宿場街としても栄えた。

亜浪にとっては、この小諸で生まれたことが、後の俳人としての生き方に大きく影響を与えた。島崎藤村ら文人の心をとらえて離さなかった詩情豊かな風景はもちろんだが、特に大きな影響を与えたのが浅間山の存在である。小諸は浅間山の泥流の末端にできた街であり、そこから浅間山を完全に一望できた。亜浪にとっては浅間山は神のような存在だった。浅間山の句を数多く詠んでいることからもそのことはよく分かる。

小学校を卒業後、小諸藩と言われた当時の藩の儒教の先生の指導を受けたり、小諸義塾という地区の義塾で学んでいたが、それでは新しい時代に乗り遅れると考え、明治二十九年、十七歳のときに東京へ出る。

いまとはずいぶん時代が違い、田舎から出て来た少年には相当な苦労があった。いくつかの法律学校で学び、最後は法政大学を二十五歳で卒業した。もともと政治・経済に関心があり、政治家の選挙運動に参加することもあった。その後、仕事としては、新聞社の記者、そして編集長を歴任した。そのかたわら、創作や著名人の言行録を出版している。

それでは俳句はいつから始めたのか。学生時代から俳句には関心があり、正岡子規や虚子の指導を受けた時期があったが、就職後は俳句からは遠ざかっていた。

そんな亜浪が俳句の道を目指すことになったのは、大正三年、三十五歳の時に腎臓を病んだことが大きい。その当時の腎臓病であり、過酷な仕事は断念せざるを得なかった。

そして、俳句の道へ転向する。俳句へ転向した理由としては、二人の人間との出会いが大きく影響している。それについては、次節で説明する。

亜浪は俳句で立つ決心をし、大正四年三月、腎臓を病んだその翌年に、三十六歳で俳句雑誌「石楠」を創刊する。いよいよここから俳句の道が始まるのである。

「石楠」創刊の趣旨だが、「ホトトギス」中心の伝統一辺倒の旧態然とした俳壇の体質そのものを批判し、ちからに満ち溢れた生命の俳句を提唱し、俳句のこころは「まこと」にあると主張した。「まこと」とは命そのものであり、これが「俳句道即人間道」という亜浪の有名な根本精神につながっていく。

俳句雑誌「石楠」はその後発展を続け、昭和十年、亜浪五十六歳の頃には、三千人を越す門下があったと言われている。しかし、戦争の激化とともに、亜浪自身も体調を崩し、昭和十五年に脳溢血を発症してからは、外出も控えがちになった。

そして、太平洋戦争終結から六年、昭和二十六年、臼田亜浪は宿痾となった脳溢血の発作によって帰らぬ人となった。享年七十二歳。

亜浪の人生に大きな影響を与えた二人の俳人 ―― 高浜虚子と大須賀乙字

亜浪の人生に大きな影響を与えた二人の俳人との関係について説明する。その二人の俳人との出会いがなければ、亜浪の俳句人生はなかったかもしれないというほどの大きな出会いだった。

その一人が、ホトトギスを長く主宰した高浜虚子である。亜浪に影響を与えた時期の虚子について説明する。亜浪が俳句で立つ決心をするのは、腎臓病を病んで、新聞社の仕事を断念せざるを得なくなった時である。

それが大正三年。その時は渋温泉で静養していたが、たまたま、高浜虚子も胃腸を病んで渋温泉で静養しており、そこで出会い、さらに手紙の交換を通して、俳句への決意が固まっていく。

大正三年の虚子はといえば、一度俳句から離れて、再び俳句の世界へ復帰してから間もないころであった。この前年、大正二年に虚子の詠んだ句が次の句である。

春風や闘志いだきて丘に立つ

この句は、当時俳句界を席巻していた河東碧梧桐の「新傾向俳句」に対抗する意識を明確に示したものだ。「新傾向俳句」は、最後は季語や十七音字さえ否定して、「自由律」にまで進んでいく。虚子はそれに対抗するために、みずからの態度を「守旧派」と呼んで、平明にして余韻のある俳句を奨励した。このような時期であり、虚子もおおいに啓蒙精神が旺盛だった。虚子と亜浪は、俳句についての議論を徹底的に交わし、手紙や雑誌誌上で自身の意見をおおいに表明した。「新傾向」に対抗するという意識から、最初は虚子に心酔していた亜浪だったが、議論を重ねるうちに、次第にお互いの俳句観の違いがあらわになってくる。

一つはっきり言えることは、亜浪には、明白な「写生」という意識がなかった。「ホトトギス」といえば、現在では「客観写生」が決まり文句のようになっているが、亜浪にはそれを強調する気がなかった。もちろん俳句を詠むためには、物を見て、そこから何らかの感情を引き出してくることで俳句になる。それは当然のこととして、むしろ、人間の生きる姿、生活をこそ詠むべきだと唱えた。そこが「ホトトギス」とは異なっていた。「ホトトギス」はその後「花鳥諷詠」とも言っており、そのスローガンとも、亜浪の言った「新生活」そしてそこから生まれる「新生命」を詠もうという意識は根本的に異なっていた。

結果、亜浪は虚子に対抗する形で、俳句で立つ決心をする。

続いて、もう一人の影響を与えた俳人として、大須賀乙字を忘れるわけにはいかない。

その出会いは、やはり大正三年。虚子と渋温泉で出会ったのと同じ年である。虚子と出会ったのが八月。大須賀乙字と初めて出会ったのが、その年の十月だった。まさに大正三年は運命の年であった。

大須賀乙字という俳人は、現代ではあまり知られていない。乙字は明治十四年に福島県に生れた。亜浪は明治十二年生れであり、二歳違いということになる。

上京したのち、河東碧梧桐に師事し、「新傾向俳句」の理論派として活躍した。その後、大正期に入って、碧梧桐の無中心論に反対して、碧梧桐派から離脱した。さらに守旧派を標榜した虚子に対しても批判攻撃を行なった。

そのような立場もあり、亜浪と急速に接近、大正四年の「石楠」創刊において亜浪を全面的にバックアップすることになる。

乙字について、特に有名なのが「二句一章論」である。「二句一章」という言葉は現在でもよく使われる。辞書的な言い方をすれば、一句の一か所に休止（断点）を置いた二つの句が、二つの磁極のように一つの豊かな世界をもたらすという説である。その「二句一章」の発案者が乙字であるとすれば、その存在意義、その俳句界への影響の大きさは理解できるだろう。

亜浪が乙字と意気投合したもっとも大きな理由は、乙字の「俳壇復古論」だったという。乙字は、「いにしえの精神を忘れて、文化のうわつらの波に漂うものは堕落的である」とまで言っている。この言葉は、碧梧桐派の表現のみの新しさに走る点を非難しているが、虚子の極端な「守旧的態度」にも反対していた。こちらもまた、言葉づらだけの古典遵守のように思われたからである。

乙字と意気投合した亜浪は、急速に接近し、大正四年三月に「石楠」を共同で創刊する。乙字の協力なしで、亜浪一人ではおそらく創刊できなかっただろう。その意味でも乙字の存在は亜浪にとって必要不可欠な存在だった。

しかし、そんな乙字だったが、思想的な問題から、数年で「石楠」を出る。そして、大正九年、三十九歳にして亡くなってしまう。

「まこと」の精神と「俳句道即人間道」

さていよいよここから、亜浪の遺した功績について述べる。

臼田亜浪といえば、最初に挙がるのは、「まこと」であり、そこから導かれる有名な「俳句道即人間道」である。

亜浪にとってもっとも重要な精神であった「まこと」について解説する。

亜浪が「まこと」のことを言い始めたのは、「石楠」創刊後の内憂外患の中で、江戸時代の俳人、上島鬼貫の言葉である「まこと」を求めることで、ひたすら心の平静を保とうとしたことに始まる。

鬼貫は、芭蕉とほぼ同時代に生きた俳人だが、芭蕉にも繋がる「まこと」を提唱したことから、芭蕉俳諧の先駆者の一人とみなされている俳諧師である。

鬼貫にとっての「まこと」は、ひとことで言うならば、言葉を月並みな道具として使うのではなく、目に映る対象の真の姿——言い換えれば真（まこと）の姿を発見しようとする真摯な努力のことを意味していた。その当時の俳諧はといえば、談林派と言われて、言葉遊びや駄洒落という遊びのような要素が強かったから、鬼貫の「まこと」の考え方は非常に革新的であった。

この鬼貫の「まこと」の考えは、当時の亜浪の俳句への姿勢ともよく合致していた。河東碧梧桐らのうわつらのみの言葉遊び的な俳句を否定すると同時に、虚子派の「客観写生」一辺倒の守旧的態度に、「真摯な努力」が不足していると考えたのである。

ただ、亜浪の「まこと」の思想は俳句のみにとどまるものではなかった。亜浪は、主要な俳論である『俳句を求むる心』のなかで、次のように言っている。その結論部分を引用する。

> 私はまことを念ずる私のいのち綱として俳句を求むる。私は俳句をたゞの一藝術としてのみ扱つてゐるものではない。（傍点ママ）

と、まず、俳句はただの芸術ではないと言い切っている。芸術を越えたものと言っているのである。戦後まもなく、桑原武夫が俳句は「第二芸術」であると言ったのとは大きく懸け離れている。さらに亜浪は続ける。

まことの意義を對立的に觀て、單に藝術的な「眞實」と解し、道徳的な「誠」と思ひ、また哲學的な「眞」と覈ひ、宗敎的な信と念ずるは、解し、思ひ、覈ひ、念ずる者の自由であるが、私に於ては、それ等を包括した無量圓覺の超絶我にまで押し詰めてゐるのである。〔傍点ママ〕

亜浪にとっては、「まこと」とは、芸術としてのみならず、道徳でもあり、また、哲学でもあり、また、宗教でもある、すべてを含む思想であったという。

そして、その結果、無限に円満な悟りの境地に達し、それを「超絶我」と呼び、日常経験をはるかに超えた自我に到達したという。

いまこうして説明してみると、少し大げさな気もするが、当時の亜浪自身はいたって真剣だった。なぜなら、これと同じようなことを、言い方を少し変えては、何度も何度も繰り返し述べているからである。

少なくとも、亜浪にとっては、「まこと」は、芸術上、すなわち、俳句におけることだけではなく、道徳から宗教にいたるまで、あらゆる領域に関係しており、自分の生き方までも規定するものであった。

亜浪にとっては、「まこと」がすべてであり、言い換えれば、「まこと」の思想そのものが、亜浪自身でもあった。

「まこと」は亜浪であり、一方で「まこと」を体現するものが、実際には俳句である。よって、俳句は「まこと」を通して亜浪自身である。

「俳句―即―亜浪」ということだ。これはそのまま「俳句―即―人間」と同じことであり、これを道と表現すれば、「俳句道即人間道」ということになる。

しかしながら、この言葉には、さらに深い意味が籠められている。それが、まさに「俳句を求むる心」である。その結果、最後には次のような結論にまで至る。

私の俳句を求むる心は、第一義諦としての人間の完成へ！　がそれである。人格の渾成《こんせい》へ！　がそれである。（中略）従つて俳句其のものは第二義的な立場に置かるゝものゝやうにも見える。

これも、『俳句を求むる心』の中の一節である。

まるで、俳句は無くても、いい。人間として、人格の完成こそが、第一義的なものであると言っているかのようである。

しかし、よく知られているように、「俳諧はなくてもあるべし」（作品としての俳句はなくてもよい）とまで芭蕉も言っている。芭蕉もまた、極論としてだが、俳諧を、世間に和し、人情に通じて、人間を完成する道であるとしたことがうかがえる。

亜浪は、芭蕉以上にこのことを認識し、それをより明確なスローガンで示したのである。人生にとって、もっとも重要なのは、人間としての完成であり、優れた人格の形成であることは言うまでもない。

その観点からすれば、俳句の上達などは二義的なものとも言えるだろう。

しかしながら、亜浪は、結果として、心の唯一の表現形式として俳句を選んだ。

そして、それは、芸術を越えた、宗教でも哲学でもない、すべてを越えた存在なのである。まさに、第一義的なものだ。もっとも大切なものということになる。

そのことが、次の亜浪の言葉に明確に表現されている。


あらゆる自然の現はれを透して、其處に閃き通ふ靈性の息吹に接すべく、其の靈妙なる現はれ、涙ぐましいまでに微妙なる其のはたらきを、其のすがたを、さうした心のもとに讃嘆し禮讃する言葉其のものが私の俳句である。言ひ換へれば私の心の端的なる象徴である。即ち俳句は私であり、私は俳句である。

（『俳句を求むる心』）


この考え方が、まさに「俳句道即人間道」の根本にある。

亜浪の遺したもの――一句一章論

続いて、亜浪の提唱した論として、現在ではよく知られている「一句一章論」について説明する。俳句の一般的な形として、「一句一章」があること、そしてそれを、亜浪の盟友でもあった大須賀乙字が提唱したことはすでに説明した。「石楠」を二人で立ち上げたほどの盟友であった亜浪と乙字だったが、様々な齟齬によりわずか数年で決別する。その意見の違いの一つとして、「一句一章論」への亜浪のわだかまりがあったようだ。亜浪の言葉を引用する。

そしてまた廣義の十七音を形式上の標語としてゐながらも、一句の構成上、二句一章論を肯定してゐたことは、私のひそかに潔ぎよしとしないところであつたが、俳句の發生に溯つての史的考察からして、寧ろ「一想一章」といふのより正しきことを見出した。けれども形式論としては「一句一章」と稱すべきことを思ひ見て、此にまた形式論を確立し得たのである。

（『亜浪句鈔』自序）

最近、俳句の切れが重要視されるようになり、その流れの中で、この「二句一章」と「一句一章」という俳句の形式論も様々に取り上げられるようになってきた。

その「一句一章」という形式を初めて明確に示したのが臼田亜浪であったことは、特筆されていい。

亜浪が、この論を「石楠」誌上に発表したのは、大正十二年九月号で、亜浪四十四歳というまさに脂の乗り切った年代であった。

もちろん、乙字へ反発する思いもあっただろう。だが、それだけではない。俳句の基本としての、「二句一章」の重要性は亜浪であれば、当然認識していたであろうからだ。

「二句一章」による二物衝撃の火花発生による詩の発生は、いうまでもない。このことは、山口誓子をはじめ多くの俳人がその後唱えている。しかし、亜浪は果たして本当にそれだけでいいのかと考えたのだ。

特に、若かりしころの亜浪は、本当に一本気であり、豪放磊落であったと言われており、俳句もそのようなものに憧れがあり、その世界を求めていた。

「一句一章」では、十七音が一気にいいくだされ、切れのよい素晴らしい断定になる。一気息を超える大きな気息がこもるからである。

その例を少し挙げる。

鶏　頭　の　十　四　五　本　も　あ　り　ぬ　べ　し　　子規

正岡子規の代表句とも言われる句だが、鶏頭の群がって生える様子を見事に表現している。

冬菊のまとふはおのが光のみ　秋桜子

水原秋桜子の代表句の一つに挙げられる句。冬菊の孤高に立つ姿が一句に凝集され、まさに大きな気息が感じられる。

をりとりてはらりとおもきすすきかな　蛇笏

飯田蛇笏一世一代の名吟といわれる句である。この句のように、一句一章でも、音調上小休止のある場合がある。この句の場合、「をりとりて」のあとに軽い小休止があるが、言っているのはすすきのことだけであり、その小休止に何とも言えぬ余情がある。

以上のような名句が残されており、亜浪の提唱したように、俳句は決して「一句一章」だけではなく、「一句一章論」の提唱には首肯すべきところが多いことが分かる。

亜浪の革新性——近代俳句からの脱皮、現代俳句の先駆者

臼田亜浪の遺したものの最後の解説になる。

それは、亜浪俳句の現代性ということだ。時代的には、まさに、近代から、現代への橋渡し的

な時代に生きた俳人だったが、その橋渡しを行ない、現代俳句の先駆者であったと私は考えている。

その辺りを、現代俳句を代表する二人の俳人の句と比較しながら見ていく。

まずは、議論の対象と考える亜浪の句を挙げる。

漕ぎ出でて遠き心や虫の聲

この句は大正十四年の作品である。そして、句の詠まれた場所は、愛知県の伊良湖の近く、江比間海岸で詠まれたものだ。

この地区には、市川丁子、太田鴻村、鈴木鵬于ら弟子も多く、とくに江比間には愛着があった。

この句の注目点は、「遠き心」と詠んだところにある。海へ漕ぎ出していって、虫の音を聞いたような気がしたのだ。その時に、「遠き心」というものを感じたという。「遠き心」と言われても、よく分からないというのが実感かもしれない。

少し想像してみよう。沖へ出て、岸から遠くまで出てきてしまったという感慨は、どうしても、寂しさや孤独な思いが募ってくる。いまのいままで、陸の上では、門下の多くの人々と騒がしく宴会などをやっていたのに、少し海に出ただけで、こんな孤独を感じるとは。まさに人生とはそういうものだ。常に孤独と隣り合わせなのだということをいまさらながらに実感したのである。

そんな思いを、海上での虫の音を聞いたことで、再認識したのだ。

そんな精神状態を、「遠き心」という新しい表現を用いて表出したところにこの句の先進性がある。

それでは、同じような「心」を用いた、現代俳句作家の代表的な作品を挙げてみよう。

灯を消すやこころ崖なす月の前　加藤楸邨
炎天の遠き帆やわがこころの帆　山口誓子

まず、加藤楸邨の句である。

灯を消すやこころ崖なす月の前

この句は、昭和十四年の作品である。戦争の影が次第に色濃くなってきた時代だ。「灯を消すやこころ崖なす」とは、そんな精神状態を指している。

いずれにしても、そんな心的状況を表現しており、分かりにくい面はある。昭和十四年の山本健吉による座談会において、加藤楸邨らは、「人間探求派」と呼ばれるようになる。この句のように人間の内面を探求していくところからだが、十七音で人間の内面を追求するというのはどうしても無理があった。よって、分かりにくい句となることから、「難解派」とも呼ばれた。

臼田亜浪の、先に書いた、「虫の聲」の句では、やはり己の内面の孤独感を表現するために、「遠き心や」という心的表現が使われている。

そんなところが、大変加藤楸邨と似ていることが分かる。まさに、亜浪は、人間探求派の先駆的存在であったと思われる。

亜浪の大正十四年に対して、楸邨の句は昭和十四年の作であり、十五年も早く人間の内面の探求へと進んでいたことは、驚きに値する。

続いて、山口誓子の句である。

炎天の遠き帆やわがこころの帆

この句は、終戦の年、昭和二十年の作であり、さらに、八月二十二日という、まさに終戦直後に作られた句である。

敗戦の喪失感とともに、未来への希望を込めて、「わがこころの帆」と誓子は詠んだに違いない。

この句などは、もちろん、海を眺めての作であろうし、「遠き帆」といい、「わがこころの帆」という帆の繰り返しに独特なものを感じるが、一方で、亜浪の「遠き心」と非常に近いものを感じないだろうか。

山口誓子も、戦後の桑原武夫の「第二芸術論」に対抗するため、俳句で物事の本質を追求する活動――それが「根源俳句」だが――を推し進めていく。その芽生えは、すでにこの句にも見えており、人間の精神の本質への追究とでも言えるのではないかと思う。

そんな「根源俳句」とも非常に近い精神俳句を、臼田亜浪はすでに開始していたことが分かる。俳句の天才と言われた誓子でさえ昭和二十年前後から開始した活動を、亜浪は大正十四年には行っていたことになる。

ここまで見てきたように、亜浪は、大正十四年という、昭和以前から、戦前戦後の俳句革新運動に繋がる俳句の改革を独自の視点で始めていた。

亜浪こそが、見方によっては、もっとも早く近代俳句からの脱皮を試み、現代俳句の先頭を駆け抜けていった俳人ではないかと思うのである。そして、これこそが、亜浪が現代俳句に果たしたもっとも大きな役割であったと私は考える。

亜浪の代表十句

この章の最後に私の選んだ臼田亜浪の十句を示す。

鵯のそれきり啼かず雪の暮れ
木曾路ゆく我れも旅人散る木の葉
木より木に通へる風の春浅き

郭公や何處までゆかば人に逢はむ
今日も暮るる吹雪の底の大日輪
子が居ねば一日寒き疊なり
草原や夜々に濃くなる天の川
雪散るや千曲の川音立ち來り
穂麥原日は光輪を懸けにけり
白れむの的皪と我が朝は來ぬ

臼田亜浪の光彩

1 「石楠」創刊以前（大正二年以前）

さて、いよいよ具体的な亜浪の話に入ろう。臼田亜浪という俳人が、俳壇へ本格的に登場するのは、大正四年に「石楠」を創刊してからである。しかし、亜浪の俳句に対する考え方を知るためには、それ以前の生活を知っておく必要がある。まずはその生い立ちが、亜浪の俳句観に大きな影響を与えているからである。

「石楠」創刊までの亜浪の軌跡については、「評伝　大正の俳人たち23　臼田亜浪」（松井利彦「俳句研究」一九九四年十一月号、以下「評伝　臼田亜浪」）に詳しい記述がある。ここからの引用を踏まえながら、亜浪の俳句観がどのように形成されてきたかを見ていきたい。

臼田亜浪は長野県佐久郡小諸町で明治十二年二月一日に生まれた。（中略）亜浪にとって故郷の、特に浅間山について「霊」、浅間に神様が住む山と見ることを明らかにし、その考え方が祖父から教えられたことを述べている。それによると、

「お山は一帯に紫深い被衣《かづき》につつまれて、残んの雪をとどめたあの円い頂きは、くつきりと前掛山に抱かれてゐる。（略）」

と浅間の美しさを賛え、

「溶けた煙りは、いつとはなしに右手へ流れて、一筋さつと綾の帯を懸けた。おお、黄金の桟《かけはし》（略）」

と「静かさ、厳しさ」を感じていた時、祖父が語りかける。そして、

「『あれ、その雲はな……雲ぢやアない橋ぢや、雲の橋ぢや。あの雲の橋はな、浅間のお山から……ずうつと遠くの、そら、こなひだ向ふ田へ往つた時、ちよつぽら頭の見えてゐた、あの富士山まで続いてゐるのぢや。こつちのお山から、あつちのお山へかかつてゐる雲の橋ぢや。……あの雲の橋を渡つてな、朝は浅間の神様が富士へ往かつしやり、……晩方は富士の神様が浅間へ御座らつしやるのぢや……。』」

と少年亜浪に教える。（「人間味」大正十三・五）

浅　間　ゆ　富　士　へ　春　暁　の　流　れ　雲

は、この「浅間に神霊」を見る作品となるのであり、天然物に特別な意味を読みとる亜浪を認めることが出来る。

亜浪の俳句観の根底には、常にこの「『浅間に神霊』を見る作品となるのであり、天然物に特別な意味を読みとる」という自然観がある。この部分は、小諸に生まれ、そこで祖父とともに育っていったなかで、自然に育まれてきたものであることを記憶に留めたい。

亜浪が俳句を始めたのは、「臼田亜浪年譜」(『臼田亜浪先生』所収)によれば、明治二十七年、十五歳の頃で、中村嵐松父子により俳句を知り、一兎と号したとある。ちなみにその当時の一句が残っている。

白露や情にはもろき我が涙

亜浪自身もあくまで「遊戯心酔」と言っているように、遊びの域を出ないものであったが、「我が涙」辺りには後の亜浪に繋がるところも垣間見える。

その後、明治二十九年、十七歳で上京する。工手学校や明治法律学校、最後は法政大学を苦学の末に明治三十七年、二十五歳で卒業する。その間に、正岡子規、虚子の日本派の作風を学び、指導も受けた。だが、まだ学生という意識もあり、俳句に心底のめり込んではいなかった。明治三十一年以前の句は一切焼き捨ててしまったという。この苦学時代の俳句作品を以下見てみよう。ほとんど残っていない句より選んだものである。

山茶花の白きが咲いて庭寒き　（明三十一）
夕風や紅葉を散らす山鴉　（明三十二）
片瀬舟鶯聞いて下りけり　（明三十三）
桑摘みの晝をもどるや雲の峰　（明三十四）
法談や寒き顔なる千人衆　（明三十五）
元日や日のあたりをる淺間山　（明三十六）
松の內大勧進の法話かな　（明三十七）

明治三十一年作として唯一残っている「山茶花」の句に対する亜浪のコメント、「寫生的な態度のもとに自然を描寫すべく心掛けてゐたことは、この一句に據つて觀ても肯ける」からも明らかなように、平明な写生句をまだまだ作っていた時期である。だが、「元日や」の句に見られるような、大柄な亜浪らしい句風も自然に現れていたようだ。

ここまで、十七歳で上京し二十五歳で法政大学を卒業するまでの句を紹介したが、まだ学生という本格的に俳句に取り組む前の時期であり、子規から学んだ写生句が多かった。その中では、次の句などは亜浪らしさが散見される。

松の內大勧進の法話かな

初期の亜浪の特徴である、おおぶりな感じ、おおらかな雰囲気が伝わってくる。この年には晴れて法政大学を卒業し、その前年には靖国神社前に初めて家を持ったこともあり、句作に励んだという。

だが、これ以降、「石楠社」を大正三年に創立するまでの期間は、亜浪自身も書いているのだが「三拾八九年以降は、休俳時代とも、冬眠時代ともいふべきであらうか」(『亜浪句鈔』自序)。社会人として、「電報新聞社」社会部長、「横浜貿易新報」編集長などを歴任し、『西郷南洲言行録』などの出版に尽力するが、仕事に注力しており、俳句を顧みることはほとんどなかったのである。それでも俳句との縁が切れなかったことは、亜浪の運命なのだろう。「それにしても、俳句そのものを忘れなかつたといふことは、不思議といへば不思議でもある」という感想を残している(同自序)。そのような状況のなかで、この時期の俳句はあまり推奨できるものはないが、参考までに一部を紹介しておこう。

鰺網の眞晝ちかしや飛ぶ燕　(明三十八)
藤咲いて碓氷の水の冷たさよ　(明四十一)
朝顔の一輪は咲け小さくとも　(大正元)

平凡で月並みな感じからあまり出ていないが、最後の句は、義弟や実弟が危篤に陥った折の作品であり、気持ちの籠もっている点は後の亜浪作品に繋がるものではないかと思う。このまま順調な社会人としての生活を亜浪がもし続けていたとしたら、亜浪の俳人としての活躍はなかった。一大転機が訪れたのが、大正三年であった。

この年亜浪は突然病に冒され、社会的野望を断念せざるを得なくなった。そんな時、渋温泉で静養していた亜浪が、たまたま胃腸を病んで同じ渋温泉に虚子が来ていることを知り、手紙の交換をしたのが俳句で立つ決心へと繋がっていく。いくつか病中吟を挙げる。

病中

闇の底に沈みゆく心鳴く蚊かな

澁温泉に再び病を養うて

眼に暑き屋根草や燕ひるがへる

病の最初の頃はいかにも失望感一色であるが、再度渋温泉を訪れたときに虚子と出会ったのであり、病が沈静化の兆しを見せたこともあり、俳句への傾倒ぶりが「燕ひるがへる」に現れている。その時の心情を亜浪はこう綴っている。

この折柄、偶然にも澁の溫泉で虛子氏に出逢つた。さなきだに私の心に萠しつつあつた俳句を求むる心、俳句に生きんとする心は、氏の俳壇復活の意嚮にそそられて次第に濃度を加へて来た。如何に悶えても惑つても、私の生くる道は俳句の外になかつた。そしてとうとう俳句は私の心に甦つた。

（『亜浪句鈔』自序）

だが、その煩悶は並大抵ではなかった。その思いを、同自序の中で、「ここで、私は『俳句を求むる心』の一節を抄出するの禁じ難いものがある」として吐露しているので、それを引用しておこう。

斯くて私は、突如として腎臟と膀胱とを病んだ。私は一切の社會的、政治的欲望を擲つべく餘儀なくせしめられた。それは恰かも私の半生を葬り去るにも等しい。私の心は如何に淋しい、如何にやるせないものであつたらうか。九天の高きより九地の低きに堕しめられた哀感がないでもなかつた。けれども、私は生きたかつた、生きていのちを伸びゆかしめたかつた。いのちを伸びゆかしむべく何ものかを求めてやまなかつた。人はパンのみにて生くるものにあらざることを痛感すると共に、またパンなくしては生くるものにあらざることを痛感せしめられた。其處に漲る私の苦惱は尋常一様のものではなかつた。私の心は、それとこれとの闘ひに血みどろであつた。（中略）殊に私にとつて、後者の問題は、單に一個のパンと一杯の水とあれば足るのであるから大した難件ではなかつたが、本來內的欲求により多く心身を碎いて來た私として、今、其の心のうつろを滿たすべき新たなる衝動に對して、私の求むるところは、單に苦惱の解脫のみではなかつた。

亜浪ほどの俳人をしても、社会的、政治的欲望を捨て、俳句に専念する決意をするためにはここまでの苦悩を必要としたのである。明治人にとって――この時代の知識人にとってはと言うべきだろうが――まさに立身出世こそが人生であり、それ以外の人生は考えられなかった。人生観を変えることなど、尋常の神経では出来るはずもなかったのである。俳句で立つしかない局面に追い込まれ、背水の陣に立たされてこその決意だったのである。あの正岡子規もそうであったように、これは明治人の気質そのものだった。『俳句が文学になるとき』（仁平勝）の正岡子規の章の最後は次のように終わっている。

または「柿くへば」の句にしても、大好きな柿を食べたときの喜びが、このように表現できることが子規は嬉しかったにちがいない。かつて政治家や哲学者を目指していたときの子規の価値観からすれば、それはあまりにも他愛のないことだ。けれども、その他愛ないことがなんら特別な理屈をつけることなく、〈法隆寺の鐘が鳴る〉場面を配合するだけで、それこそ深遠な真実をいいあてたような気がしてくる。そしてそういう発見は、明治の夢多き青年にとって、けっして小さくない人生の断念を必要としたのである。

亜浪も、子規と変わらぬ明治の夢多き青年であり、すでに新聞社の編集長さらには部長まで歴任した人間にとって、大きな断念を必要としたことは間違いない。だがそんな断念があればこそ、新たな俳句の道を歩むことができたのである。

2　「石楠」の創刊（大正三、四年）

前章では、亜浪が病を得て俳句に専念する決意に至る経緯を説明した。時は大正三年、亜浪三十五歳というまさに働き盛りであった。社会的野望を断たざるを得なくなった亜浪が、俳句で立つ決心をするきっかけは、同年八月たまたま静養のため渋温泉に来ていた虚子との再会があった。だが、もう一つ大きな出会いが亜浪の決意を後押ししていたのである。それが、同年十月に初めて会ったという大須賀乙字との出会いであった。

大須賀乙字もまた現俳壇においては、ほとんど忘れ去られた俳人である。しかし俳壇への影響力という点では亜浪と変わらぬほど大きい俳人である。乙字についての簡単な解説を引用しておこう。

【大須賀乙字】

明治十四年（一八八一）〜大正九年（一九二〇）。福島県生まれ。上京して河東碧梧桐に師事し、新傾向俳句を唱道。後に碧梧桐から離反し、「懸葵《かけあおい》」「常磐木《ときわぎ》」に拠る。「自然に帰れ」を主張。没後の句集に『乙字句集』など。（『名歌名句辞典』三省堂）

以上に付け加えて、「乙字は今日では俳句用語の「季語」を創始した人物としても、知られています」（『妹尾健俳句評論論文選Ⅱ』）という点は記憶に留めたい。乙字の俳論の中心は、「季感象徴論」「二句一章論」「俳壇復古論」と言われるが、特に亜浪は「俳壇復古論」に感銘し、乙字に心酔したようである。「俳壇復古論」とは、乙字の言葉を借りれば「復古というのは、時弊を矯めるため、古の精神に戻れという大方針を挿すだけの言葉である。（中略）古精神を忘れて、文化のうわ波に漂うものは堕落である」（既出妹尾論文選）とまでいう痛烈な時代風潮批判であり、まさに「自然へ帰れ」の主張と繋がっている。この「自然感」こそが、後の亜浪の俳句観に関わってくる。

乙字と意気投合した亜浪は、出会った直後の十一月に「石楠社」を創立し、さらに乙字の援助を得て、ついに大正四年三月十五日、俳句雑誌「石楠」を創刊するのである。

この「石楠社」創立から、「石楠」創刊という矢継ぎ早の展開には、乙字はもとより、実際には虚子との意見交換、というと聞こえはいいがお互いの俳句観のぶつかり合いが大きく影響していた。その亜浪と虚子のやりとりを確認する前に、「石楠」創刊の決意に至った時期である大正三年の亜浪の俳句を振り返っておきたい。

大正三年は、夏に虚子との再会を果たし、手紙のやり取りの果てに俳句への専念を決意した年であり、俳句は乙字との出会い以降の秋・冬が多く、句数はかなり少ないので、闘病時期以降のすべての俳句をここに示す。

長き夜や雨絶え間なみ虫蟄す　（大正三）

祝新築

住み心さこそ木の香に月も見て
茸汁を貪りぬ檐の月ゐざる
街の灯の一列《つら》に霧うごくなり
草音の四方より茸の灰崩る
宮参り俥つぎ來ぬ時雨空
雄鳩待てば雌鳩に銀杏時雨して
楢山時雨藪鳥なほも静まらで
穂拾ひの我子に暮るる寒さかな
癪癖の雨來ん空や枇杷の花

追憶

ぬくみなほ我れに母ある蒲團かな

枯菊を抜き捨つや蜘蛛の慌し

句集『亜浪句鈔』の大正三年の前書きに、「十月卅一日、日石、兀愚を招きて石楠句會の創立を諮る。十一月十四日夜草堂に於て石楠社第一回句會を催す。爾後句會相繼ぐ」とあるから、おおむねこれらの石楠句会で発表された句であろう。

俳句への思いが強く甦ってきたこともあるだろうが、初期の亜浪らしさがはっきり見える俳句群となっている。最初の方の四句「住み心」「茸汁」「街の灯」「草音」では、大きな景を詠みながらも、なにかさりげなく、そこに人間味も感じさせるという亜浪の一つの特質がよく出ている。特に「住み心」の句のさりげなさと、「街の灯」の大景を詠んでゆるぎない感じは、間違いなく後の亜浪に繋がるものと思われる。

その後の三句にも注目したい。「時雨」の句が三句続いたという点にである。先に述べたように、乙字は「俳壇復古論」を提唱し、それに感銘を受けた亜浪は乙字の協力を得て「石楠社」を創立した。「自然へ帰れ」というのは、乙字の言葉で言えば「古の精神へ戻れ」ということであり、先人の詩情へ思いを馳せることと同じであることを考えると、時雨＝芭蕉を思い起こさせる。まさに芭蕉を想起しての詩心の高ぶりであったのだろう。

さらに忘れてはならないのは、後半の「穂拾ひ」と「ぬくみなほ」の二句である。「我子」や「母」は、一般的にはあまりに近い存在のため、句材としては避けるべきと言われることがある。だが、亜浪はこれらの句からも分かるように、そういう既成概念からは初めから離れていた。恐らくは、離れていたというよりも、特別な意識もなく自然に詠んでいたように思われる。もちろん、子供や母への情愛が強いことは確かだろう。しかし、そのような情を越えて、自然物・天然物の一つとして、人間への思いを籠めて詠んだと考えるべきだろう。そういう自然物に対する根本的な意識が亜浪にはあった。それが、後の「自然感」、そして、「俳句道即人間道」の精神へと繫がっていく。

だが、そんなことには関わりなく、子供や母への強い思いは否応なしに読む者に伝わってくる。それが、亜浪俳句であり、そこが読者の感動を誘うこともまた間違いのない事実なのである。

また一方で、このような主情的な俳句は、写生に軸足を置く虚子のいわゆる「守旧派」とも相反するものであった。虚子によって俳壇で立つことを決めた亜浪だったが、その後急速に虚子から離れていく。そこにこそ、亜浪の俳句観が顕著に現れている。

虚子との激論①

ここまでは、亜浪が「石楠」を創刊する際に大きな影響を受けた大須賀乙字を中心に解説した。ここでは、「石楠」創刊直前に亜浪が虚子と交わした二つのやり取り（実際には俳論を虚子に送り、それに対して虚子が回答したもの）を通して、亜浪と虚子の俳句観の違いを明らかにしていきたい。これに関しては、「評伝　臼田亜浪」に詳細な論説があるので、そこからの引用を中心に解説を進めたい。

大正三年、亜浪は病に倒れたのを機に俳句で立つ決心をした。その折の渋温泉での静養中、胃腸を病んでたまたま渋温泉にいた虚子との手紙の交換から、決意が固まっていったことはすでに書いた。

この交流の後、亜浪は同年十月、「俳句に甦りて」と題した俳論を虚子に送り、その文章は、「ホトトギス」子規十三回忌記念号に掲載された。この原稿が、子規の十三回忌記念号に掲載されたというのもなにやら示唆的である。直後の十一月に亜浪は「石楠社」を創立しており、まさに「ホトトギス」掲載を契機に俳壇へ登場したと言っても過言ではないからである。

「俳句に甦りて」を亜浪が書いた動機としては、特に「一派の人々の説明してゐる非俳句的傾向に刺戟され」たためであった。その非俳句的傾向というのは、主に荻原井泉水の「層雲」の作品を指していた。要するに、まず亜浪が否定したのは、「非俳句的傾向」であった。その例として、井泉水の句を挙げている。

牧場近う蜻蛉飛ぶ胡桃並み立てる
暮れし所に泊らう稲架も黄なる里

この時点では、亜浪と当時の虚子の「守旧派」の考え方と、おおまかに見れば差違がなかった。

亜浪は守旧派の理論に対して「俳句に甦りて」の中で、虚子の言葉を挙げておおきくは肯定しているのである。

俳句は古ひ匂《ママ》ひのする文藝、即ち是非或る約束の下に立たなければならぬ古典的文學で、先人の築き上げた五七五調、やかな等の切字、季題趣味等に十分の敬意を拂ふと共に、百尺竿頭更に一歩を進めて、其のうちに新生命と新趣向とを見出すに在る。

だが、議論を進めるにつれて、二人の微妙な違いが次第に明らかになってくる。「俳句に甦りて」より亜浪の言葉をさらに引用する。

五七五調は、俳句創造の歴史に稽へても、國語の音律から云つても、確かに尊重すべき理義があります。けれども私は是非とも五七五の三段様式でなくてはならぬと云ふ一定不動の原則的意義を有するものではない、俳句の形式上に於ける不抜の原則は、一に十七字の限定數にある、必ずしも五七五調に限られたものではない、單に尊重の意味を以て取扱へば足ると思ひます。

ここに明白なことは、十七字を前提とするものの、五七五調には必ずしもこだわらないことが分かる。その帰結として、十七字詩であれば良く、「や・かな」等の切れ字にもあまり賛同しておらず、切れ字重視の虚子とは異なっていた（十七字詩という考え方自体が、ある意味非常に新しいのであるが、ここではそれには触れない）。

さらに大きな違いとして、季題の考え方があった。乙字に心酔していた亜浪は、特に乙字の「季感象徴論」を採用し、以下の乙字の言葉を引用している。

　季題といふは自然が吾人の感情の象徴となつた場合の作用を名づけたので、あらゆる自然は季題たり得るのである。（中略）只實際問題としては象徴化し了する手腕如何にあるので、象徴化し得ない時は其の自然を季題といはないのである。

これを受けて、松井利彦はこう記している（「評伝　臼田亜浪」）。

　これは方法論的には感動を季語によって全的に近く表現するということで、実際にこうした作品が実るのは俳句素材が多様化した昭和の新興俳句を俟《ま》たねばならなかったのであるが、とにかく、新しい俳句方法の提言であった。

一つ前の引用は乙字の言葉ではあるが、この時期亜浪は乙字に心酔していたのであり、「感動を季語によって全的に表現する」という新しい俳句手法を新興俳句よりも十年も前に提案していたことは注目すべきことである。このようなところにも、一つ亜浪の新しさ、先見性が見いだせる。

虚子は、むしろ現実的に考え、俳句は季語（季題と呼ぶが）によって感動が誘発される場合もあるとしたが、亜浪はまず感動ありきで、その象徴化が季語をもたらすとした（「季感象徴論」）。亜浪は、この時期乙字とともにまさに時代の先端を走っていた。

この記念すべき大正三年の最後の句を再度挙げておきたい。

枯菊を抜き捨つや蜘蛛の慌し

「ホトトギス」にも掲載された句だが、古くなった物は捨て去り、いよいよ新しい俳句を創設せんという意気込みが、「抜き捨つや」という強い言い回しに表れている。そして「蜘蛛の慌し」は、新たな勢力の台頭も含めて、俳壇の乱れる様子を暗示しているかのようだ。

虚子との激論②

前節に引き続き、「石楠」創刊直前に亜浪が虚子と交わした二回の意見交換を通して、亜浪と虚子の俳句観の違いを明らかにしていきたい。

前節ですでに示したように、亜浪は乙字とともに、「感動を季語によって全的に表現する」という新しい俳句手法を新興俳句よりも十年も前に提案していた。だが、なぜそのようなことが出来たのか。それは、虚子との差、さらに碧梧桐との差も認識しながら、その中から良いものは取り入れるという亜浪の前向きな姿勢が影響していたと思われる。「評伝　臼田亜浪」から、松井利彦の言葉を引用する。

（亜浪は）一方では碧梧桐の理論から採るべき論を撰びながら、身近に乙字、虚子の理論を参照しながら、そこに理想とする俳句像を思い描いていたということなのである。

亜浪は、碧梧桐の「（季題趣味は）我が国民性とは切り離すことの出来ぬ大自然の現れ」という言葉も引用しており、これなど後の「自然感」とも関係してくる。

大正三年という時期に、すでに理想の俳句像を描いていた俳人がいたことだけでも驚くべき先見性である。一見すると三人の良いところを取り入れただけと思われるかもしれない。しかしこの時期に、全く異なる方向性を示していた三俳人の言動、理論から、真に目指すべき俳句の道を導きだせた俳人はまだ一人もいなかった。虚子も碧梧桐もある意味己れ自身の考えに固執していたし、相手を完全に否定する以外にはその時点の局面を打開する手だてはなかったのである。

その点、俳句を本格的に始めたのが三十五歳（大正三年）と遅かった亜浪は、己の考え方のみに固執することの無謀さを嫌というほど思い知らされていた。そこが、俳人としての生活が主であった虚子や碧梧桐、さらに乙字とも異なっていた。社会人としての長年の生き方が影響していたと思われるのである。このような考え方は、現在にあっては至極当然のようだが、明治という近代にあってはまだそれほど一般的なことではなかった。社会人としての活躍が亜浪に現代人的な考え方を芽生えさせたと言えるだろう。だからこそ、対立しながらもお互いの良いところを取り入れることが出来たのである。実は前節で示した大正三年の最後の句と言われる次の句は、「ホトトギス」（大正四年一月）にも掲載されている。

枯菊を抜き捨つや蜘蛛の慌し

このことは、この時期の亜浪と虚子との微妙な関係を物語っている。虚子選の雑詠に入選するということは、虚子は少なくともこの時期には亜浪の俳句を認めていたことを示している。どこまで認めていたかは定かではないが。虚子の場合、様々な思惑があってその選が行われているのだが、亜浪とのやり取りを通して、虚子自身も少なからず俳句について再考する機会になったように思われる。虚子自身もまだ少し揺らいでいる時期であったのだ。

そのような状況のなかで、大正四年一月、亜浪は「ホトトギス」誌上に「斯くして進み行かば」という文章を発表した。これは、大正三年十月に「ホトトギス」に発表した「俳句に甦りて」の中で、亜浪が「ホトトギス」の句には力がないと批判したことに対して、虚子から実際の句をもって議論するべきとの指摘を受けての回答であった。以下、「評伝　臼田亜浪」からの引用を中心に話を進める。

亜浪は、共鳴句を示すことにより、自分の立場を明らかにするという方法をとった。そして、亜浪自身の言葉を借りれば、「先づ左に私の共鳴を覚えた、而して共通點のある、同風潮のものと認めたホト丶ギス系の作句と、乙字氏一派の作句と書き列ねて見」たというのである。その時に「ホトトギス」系俳人として選ばれた句のいくつかをここに示す。

蜻蛉は亡くなり終んぬ鶏頭花　虚子
芋の露連山影を正しうす　蛇笏
萍に豪雨底なく湛へけり　普羅
山国の夜霧に芝居出て眠し　水巴
高芦にひた渡る鳥の迅さ哉　石鼎

虚子とともに、大正俳壇の黄金期を演出した俳人たちである。松井利彦は、「評伝　臼田亜浪」の中で、最初の三句は、確実に虚子が推奨した句であるが、後の二句はかならずしもそうではないと書いている。だが、冷静に一連の句を見てみると、水巴の「山国」の句以外は、いわゆる写生の句であり、虚子ならば評価してもおかしくないように思える。石鼎の「高芦」の句は「ひた渡る」という点に、何か作者の思いが見えるようではあるが、写生と言っても問題はないように思われる。いずれにしても、大正黄金期の彼らの俳句を虚子が否定的に見ていたとは考えにくく、これらの句は虚子と亜浪の共通認識の範囲内にあったと言っていい。とすれば、虚子の客観写生においても、水巴の句に見られる「眠し」というような、多少の主観はこの時期許容されていたのである。

問題は、ホトトギス系俳人に続く、亜浪に近い定型を取るが、いわゆる新傾向及びその周辺の俳人たちの句の中から亜浪が示した共鳴句にあった。特に、その中心人物である大須賀乙字と中塚一碧楼の句をここでは示す。

火遊びの我れ一人ゐしは枯野哉　乙字
仰ぐ山の天辺より雷雨到りけり
死期明かなり山茶花の咲き誇る　一碧楼
灰作る事に我が焚く藁火哉

ホトトギス系俳人と比較すると、「我れ」などの表現もあって写生面が少なくなり、主情的な句風を認めることができる。この時期の虚子は、先に示したようにいくぶんかの主観の要素は認めていたものの、二人の一句目に見られるような明白は主観までは認めていなかったことは容易に想像がつく。だが、亜浪はそうは認識しておらず、次のように述べる。「私は單に斯う並べて見ると、內的には勿論のこと、外的にも殆んど其の間に逕庭が無いと思ひます」（「斯くして進み行かば」）。現在の私たちが見ても、「逕庭（大きな隔たり）」があるように見えるこの違いを亜浪が感じなかった理由とは何か。ここにこそ、亜浪の俳句観の違いがあったのである。

今一度挙げれば、次のような句の違いである。

芋の露連山影を正しうす　蛇笏

死期明かなり山茶花の咲き誇る　一碧楼

そこで、亜浪と虚子の俳句観の違いを、まずは、大正四年三月の「石楠」創刊の際の亜浪の三つの宣言から考えてみたい。「これ等の三項を標語《モットー》として對俳壇的に歩みを進めたのであった」（『俳句を求むる心』）という、俳壇を意識しての亜浪の宣戦布告とも言えるものであった。

一、吾等は俳句を純正なる我が民族詩として、內的に新生活より生れ來る新生命を希求し、外的に自然の象徴たる季語と十七音の詩形とを肯定す。

一、吾等は俳壇の頑陋なる守舊的思想を排撃し偏狭なる黨派的觀念を打破し、虛妄なる非俳句的傾向を革正し、疎懶なる遊戯者流を警醒せんとす。

一、吾等に門戸無く師弟無し、去る者は追はず、來るものは拒まず、唯だ志を同うする人人と共に、創作に評論に研究に、專念之れが發達に努力す。

ここでは、敢えて宣言の三番目から逆に確認していきたい。それにより、亜浪の思いを全般的な内容からより深い内容へと遡ることができるからである。

まず三番目の宣言である。この宣言は、ある意味今考えれば、当たり前のことを言っているようにみえる。だが、「吾等に門戸無く師弟無し」というのは、ある種極端な宣言であった。俳誌「石楠」を創刊するに当たっての宣言としては少し不自然な気がするのは否めないだろう。「石楠」を主宰し、指導者とならんとするのであるから、「門戸無く師弟無し」というのは矛盾すると言われても仕方のないところだ。だが、ここにこそむしろ亜浪の真意があったと解釈すべきだろう。その後、亜浪は単独で「石楠」を主宰することになるが、少なくともこの創刊時点では、「門戸無く師弟無し」というのは亜浪の本心であったに違いない。それは、その当時の「師弟関係」を問題視していたことを示している。この時期の主流は、もとよりホトトギス派と碧梧桐派であった。この二つは、いずれも極端な排他的、自己本意的な立場をとった。いまだ封建的因習から抜け切れていなかった時代とはいえ、その考え方は余りに古いと亜浪には感じられたのだ。それが次の二番目の宣言に繋がっていく。

二番目の宣言は、この時代の俳壇の問題点をするどく抉っていく。ホトトギス派に対しては、「頑陋なる守舊的思想を排擊し偏狭なる黨派的觀念を打破」するとして、まさに先の問題をそのままぶつけている。新傾向派に対しては、「虛妄なる非俳句的傾向を革正し、疎懶なる遊戲者流を警醒」するとして、「非俳句的傾向」さらに「遊戲者流」を切って捨てている。これぞまさに亜浪の俳壇への飽くことのなき挑戦状であった。すべてを敵に回しても、俳壇を革正せんとする亜浪の覚悟の上での宣言であった。

そして、いよいよ第一の宣言である。まず、「俳句を純正なる我が民族詩」と位置づけている。亜浪の真意は俳句が日本民族固有の詩であることを言いたかったと思われる。それには異存はないのだが、時代背景もあり、このことは後に問題となった。だが最大のポイントはこの後の言葉である。「內的に新生活より生れ來る新生命を希求」するというのは、この時代の新しい生活から生まれた生命的表現を求めたもので、新生面を求める亜浪らしい宣言であった。そして最後に「外的に自然の象徵たる季語と十七音の詩形とを肯定す」となるのである。季語を自然の象徴と捉えたのは、すでに述べた乙字の「季感象徵論」に拠るところが大きいが、いずれにしても季語の必要性は認識しており、俳句独自の「十七音」も「肯定」している。それでは虚子との違いはどこにあるのかということだ。

虚子にあって亜浪にないもの。それこそが、「客観写生」というスローガンであった。亜浪の宣言には、どこにも「写生」という言葉は出てこない。亜浪には、「写生」という概念すらなかったのである。その理由こそが亜浪の生い立ちにあった。

すでに書いたように亜浪は小諸の自然の中で育った。大きな自然の中で獲得した精神こそが、先の三つの宣言の結論として次のように表現されている。

吾等は大自然の前には飽迄も敬虔に、藝術の前には飽迄も眞劍に、倶に力を協せて其の靈なる扉を開き、以てその裡に秘めたる靈なる詩を探り來らねばならない。(『俳句を求むる心』)

この宣言文は、亜浪の俳句に対する思いを完璧なまでに表現していた。亜浪にとっては「大自然の前には飽迄も敬虔」でなければならなかったのだ。「自然」などと、軽々しく口に出して言えるものではなかった。「倶に力を協せてその靈なる扉を開き」とあるように、「自然」の中に亜浪は霊性を見ていた。

自然に霊性を見ていた亜浪にとっては、自然は神にほとんど等しい存在であり、それに対して「客観」的に「写生」することなど出来るはずはなかったのである。敬虔な態度で接することしか出来なかったのであるから。ここに、亜浪が「客観写生」を信奉することのできない根本的な理由があった。そしてこれはどう足掻いても抜けられない人間の本質でもあった。

3　「石楠」創刊直後（大正四、五年）

前章では、「石楠」創刊時の亜浪の三つの宣言を示し、そこから亜浪と虚子の俳句観の違いを明らかにした。そこで明確になったことは、亜浪の俳句観には「写生」という概念がないことであった。そしてそれは亜浪の幼少期からの自然体験によるもので、自然に霊性を見ていた亜浪にとって自然とは敬虔に接するものではあっても、写生することなど出来なかったことを解説した。

亜浪が「石楠」を創刊したのは、大正四年三月であった。ここまでは亜浪の俳句観を中心に述べてきたが、この章ではこの記念すべき大正四年の亜浪の俳句を取り上げ、句を通して亜浪の俳句観について見ていきたいと思う。

ほがらほがら燃ゆ籔根なる囀りて　（大四）
霞こぼれの鳥草山へ草山へ
雲雀あがるあがる土踏む足の大きいぞ

藻草漂ひ見え初めて風光るかな
枝々くぐり來る灯の白さ春の雨
脛溺るるばかりなる青田見巡りぬ

大正四年の前半の句を挙げた。ただ選ぶときに、少しだけだが意識的に同じような傾向の句を取り上げてみた。これらの句には、初期の亜浪の特徴がよく出ている。それは、一つは繰り返し（リフレイン）の多用であり、もう一つは字余り、言い換えれば五七五調からの逸脱である。最初の三句はリフレインの句であり、後の三句は字余りの句である。ただし、「枝々」の句は読み方によっては字余りにはならないかもしれないが、調子はずれていると言えるだろう。

亜浪は大正三年十一月に公表した「俳句に甦りて」の中で次のようなことを書いている。

「形式としては廣義の十七音を主張すると共に、内容としての季語を肯定し、更に一句の底に潜めるちからを要求」してゐたのであった。

ここでいう「廣義の十七音」というのが亜浪の「主張」であったということが重要なのである。「廣義の十七音」とは、今回示した句から分かるように、字余りや五七五調から外れることを良しとする主張であった。ここに示した俳句群は、「俳句に甦りて」の最初の主張を実作によって明確にしたものだ。実際、亜浪が自選によってその年の代表句とした大正四年の二句は（『亜浪句鈔』自序より）、先に挙げた「霞こぼれ」と「脛溺るる」の句であり、この時期の亜浪の俳句観がここに象徴されていることが分かる。

亜浪は、新傾向俳人らの推し進めた極度の自由律を俳句とは認めていなかった。だからこそ、「廣義の十七音」までという制約を敢えて設けた。一方で、あまりに約束事にこだわる宗匠俳諧的な虚子の方法にも異議を唱えた。そのために敢えて五七五調や切れ字を否定したとも考えられる。だがそれだけではなく、五七五調や切れ字は俳句の形式としての可能性をむしろ狭めてしまうと考えたのだろう。以下に示すような亜浪の俳句観がその根底にはあった。

要するに私は、十七字と云ふ形式は必ず尊重せねばならぬが、其の形式に囚はれてはならぬ。詩に於て最も重んずべきものは形式の末ではない、其の本たる内容であり、精神である。（中略）格を出で、格があり、型を離れて型がある。此の呼吸が肝要と思ひます。

（「俳句に甦りて」）

ここに明らかなように、亜浪の主張は「形式は必ず尊重せねばならぬが、其の形式に囚はれてはならぬ」ということであった。それがまさに「十七音」の形式であり、それはイコール五七五調であり、切字の使用もまたそれに一役買っていた。切字は本来切れを確実にするために使われていたが、往々にして字足らずの部分を補うために使われ、それが十七音にこだわる元凶とも見なされたのだろう。もちろん、俳句において俳諧の時代から使われ続けてきた「切字」という概念自体もまた、ある意味「形式」と言えるものであったから囚われすぎてはならなかったわけである。

それでは亜浪がリフレインをしばしば用いた意味もこの点と関係があるのだろうか。リフレインを用いることに、形式としての意味があるのかということだ。リフレインがリズムを内包することは自然の理だが、そのリズム感が逆の意味で俳句本来の五七五のリズム感を崩すことになるのではないか。通常はリズム感を整えることによく使われるリフレインだが、亜浪の場合には、句またがりで用いられる場合も多く、このことは敢えて五七五のリズム感を壊しているように思われる。そのためにリフレインを多用しているとさえ感じるのである。

さてもう一つの亜浪の重要な指摘がある。「内容としての季語」はしばらく置くとして、「一句の底に潜めるちからを要求する」という指摘である。そのような「ちから」を秘めた句と亜浪自身が考えていたと思われる句を大正四年の後半から引用してみよう。

炬《ま》火《つ》照らしゆく霧原の水音かな　（大四）
焚火鎮めて木枯の山下りけり
凩や雲裏の雲夕焼くる

冬木中一本道を通りけり
林中に座す思ひ爐裡の木影かな

亜浪の言う「潜めるちから」をどう解釈するかという問題があるが、ここではまず訴えかけるような力強さと考えてみよう。「ホトトギス」の句に力がないと亜浪は言ったのだが、飯田蛇笏の骨太の句などは亜浪も認めており、実作でその辺りを示そうとしたと思われる。ここで挙げた句はどの句も骨格はしっかりしており、句姿もよい。そして、どの句をみても確かに隠されたものがあるようだ。例えば、「炬火」の句では「霧原の」中のどこからか聞こえてくる「水音」が隠されており、「焚火」の句では「木枯の山」のどこかでまだ「焚火」の火がくすぶっているかのようである。どの句にもそんな隠されたものが見えており、そこにちからを潜めようと亜浪は試みたのではないか。その試みの効果はまだこの時点では十分ではなかったにしても、その思いは伝わってくるのである。いよいよ、亜浪らしい、骨太の俳句の時代が始まろうとしていた。

大正五年の俳句

臼田亜浪が俳誌「石楠」を創刊したのは、大正四年三月であった。前節ではこの記念すべき大正四年の亜浪の俳句を取り上げ、亜浪の俳句観との関係を解説した。ここでは、それに続く大正五年の俳句を取り上げ、亜浪の俳句観について考えてみたい。

具体的な俳句を見る前に、大正五年という年に対して亜浪自身がどのように捉えていたかを示しておく。句集『亜浪句鈔』の大正五年の前書きをすべて引用する。

『石楠』創判《ママ》以來、俳壇の革正を念として、縱横の批判を敢てす、ために『海紅』『ホトトギス』其他の人々と漸く疎隔するに至る。六月玉川の初漁に赴く。七月飯能に遊び、所澤に一泊。九月川越に赴く。この冬遂にやまと新聞を辭して、全く政治的、社會的關係を絕つ。一念唯だ俳句あるのみ。

亜浪の強い決意が伝わってくる。「俳壇の革正を念として、縦横の批判を敢て」したことをここまで明言したのはこの年がある意味初めてであった。すでに書いてきたように、虚子の極端な守旧的傾向を好ましいと思っておらず、一方で俳句の根本である十七音からも逸脱を始めた碧梧桐派にも批判の矢を向けたのである。そのため、「『海紅』『ホトトギス』其他の人々と漸く疎隔するに至」ったのはむしろ当然のことであった。「海紅」は、碧梧桐が大正四年に創刊し新傾向俳句を推し進めた俳誌であり、最初は中塚一碧楼が総編集責任者に当たっていた。当初、虚子とも碧梧桐とも適度な距離を保って俳句活動を進めていた亜浪だったが、いよいよ本格的な俳壇革正の道を突き進むことになったのである。「六月玉川の初漁に赴く。七月飯能に遊び、所澤に一泊。九月川越に赴く」など積極的な俳句活動を展開している。「この冬遂にやまと新聞を辭して、全く政治的、社會的關係を絕つ。一念唯だ俳句あるのみ」という言葉からは、亜浪の俳句革正にかける熱い思いが伝わってくる。

ここからは、大正五年の亜浪俳句の展開を見ていこう。前節でも書いたように、亜浪は「廣義の十七音を主張する」と重ねて言っている。それは、字余りなどを認める主張であって、その傾向は大正五年でも変わらず続いていた。

東風に暮れて笹原を村に下りけり　（大五）
雪このかた馬も放たぬ枯野かな
草山に峰雲明りす天の川
一燈夜々に動かぬ山の大銀河
磧火に靄流れ初めぬ虫の聲

ここに挙げた句はいずれも字余りである。これらの句には、多少意識的に字余りにしたような傾向も見られるが、必ずしもそうではない。「雪このかた」や「一燈夜々に」の句では、この表現でなければここまでの臨場感は出てこないだろう。これ以外の三句では、一見余分に付与した言葉のようだが、そこに亜浪の意図が籠められているように思われる。「東風に暮れて」の句では、「て」は不要のように思われるが、本当に暮れてしまってというような実感が籠められている。

「草山に」の句では、「峰雲明りす」の「す」が余分のようだが、この「す」には明らかに亜浪の意志が見える。亜浪にとっては自然はただの天然物ではない。崇拝すべきものであり、そのような意味でただの「峰雲明り」ではなく、意志をもったもの、すなわち「明りす」のように意志をもった尊崇すべき存在であることを示している。「磧火に」の句も同様で、「靄流れ初め」というような客観視できるものではなく、「靄」もまた「流れ初めぬ」と記述するしかない存在感をもったものであった。

ここで、句集『亜浪句鈔』の自序に書かれている、大正五年の自選三句を示しておこう。

大鳥の魚摑み去んぬ汐干潟　（大五）
山蟬や霧降る樹々の秋に似て
稲刈つて田螺の巣穴見つけたり

亜浪は、「廣義の十七音」とともに、「内容としての季語を肯定」（「俳句に甦りて」）するとも言っている。これらの句を見てみると、特に二句目（三句目でもそうだが）では、季語が多用されていて季節も異なっているが、実際にそういう景が存在し、句の「内容」としてその方が俳句としての力があれば、その方を良しとしたのである。極端なことを言えば、季語そのものを必須としたわけではなかったのである。もちろん、季語を否定していたわけではない。むしろ内容の伴わない、形だけの季語を否定したのであり、そこから後の「自然感」という考え方も出てくる。そして、前節でも書いたが、亜浪が問題にしていたのは、「一句の底に潜めるちからを要求」するということである。その主張に導かれるように亜浪自身の俳句もちから強さを増してくる。

山 籠 り 夜 霧 の 底 の 月 も 見 つ　（大五）
墓 起 す 一 念 草 を む し る な り
大 風 や 鳥 鳴 き 落 つ る 藪 の 月
全 山 の 楢 葉 振 ふ や 風 の 百 舌
風 呂 吹 や 川 音 立 ち 來 る 霰 雲

句の雰囲気として、全体に亜浪のおおぶりな感じが伝わってくる。特に、第一句目の「夜霧の底の月も見つ」や、第五句目の「川音立ち來る霰雲」などの表現には、後の亜浪に繋がる大らかで細かいことに囚われない雄大な感性が感じられるだろう。さらには、自然と光の溢れてくるような俳句群もある。芭蕉の言う「ものの見えたる光」をどう表現するか、亜浪が考え始めた時期でもあるだろう。

齋 近 か に 晝 寢 さ め た り 芥 子 光 る　（大五）

月あらぬ空の澄みやう月見草

向日葵や旱天の雲消えがてに

日車や照り極まりし空のさま

これらの句にも、先に書いたような雄大な景や季語の多用などが見られると同時に、「光」が強く感じられるだろう。まさに「ものの見えたる光」をどう俳句に表現していくか。この時期から、亜浪はそのことを考えていた。亜浪の新たな俳句への試みはまだまだ続く。

4 「石楠」勃興期(大正六、七年)

臼田亜浪が俳誌「石楠」を創刊したのは、大正四年三月である。この章では、「石楠」の勃興期とも呼ぶべき大正六年から七年の俳句を取り上げ、亜浪の俳句観の変遷を見ていく。

前章では、大正五年の俳句を取り上げたが、一つ重要なポイントを取り上げられなかったので、まずそれを先に見ておく。

雨空にぽつかりと山焼くるなり　(大五)
氷挽く音こきこきと杉間かな

ここで特筆すべきは、「ぽつかりと」や「こきこきと」いう斬新なオノマトペを採用したことである。どちらの語感もその雰囲気からは如何にも滑稽な感じがするのだが、その実目指すところはさらなる高みであったと考えていい。「ぽつかりと山焼くる」というような表現はそれまではなかっただろう。もちろん、景色をただそのまま詠みあげただけだったとして、そのような表現に結果的になったのかもしれない。だが実際には「ぽつかりと山」が焼けるなどという実景はないだろう。これは心象風景であり、一方でまた自然の風景でもあったというべきだ。雨模様の迷う心に、ぽっかりと何か明かりが灯ったように感じたその瞬間のほっとした感覚を、不思議な感性をもって捉えた句なのである。さらにまた、自然の風景であったにしても、すでに書いたように亜浪にとっての自然とは元来崇拝すべきものであり、「ぽつかりと」焼けた山の明かりそのものが、まさに亜浪自身の心そのものでもあったのである。

それでは、その次の句の「こきこきと」はどうだろうか。この音などは、まさに写実的とでもいうべき表現で、如何にも「杉間」に響く「氷挽く音」を見事に活写しているというべきだろう。だが、この句もまた、ただの自然詠ということではない。「こきこきと」響いてくるのは、「杉間」だけではなく、心の中までもといえるだろう。何の音かは関係なく、なぜか心の中に響き渡る音。そんな不思議な感触をこの句もまたイメージしていると思われる。それもまた自然との一体感のようなところから来ているに違いない。亜浪の自然への接し方も、いよいよこの辺りから、亜浪らしい本来の姿へと変わってくるのである。

さて、いよいよ大正六年の句へと進もう。句集『亜浪句鈔』の大正六年の前書きにも、「一月より『石楠』の體裁を菊版に改め勃興時代に入る」とあるから、亜浪自身も「石楠」の発展に手応えを感じていたことが分かる。さらに、『亜浪句鈔』の自序には次のように書かれている。

（大正）六七年頃には、季語感想から來る概念化を虞るることよりして、もつと內的に突き入つた季感象徵を旨としたのである。けれども、それがまた田園憧憬による內容の局限化と、二句一章論に囚はれた形式の固定化とに省みて、更に「季感の擴充と表現の自由」とを新しい標語として局面の展開を試みてゐる。

まず、最初の文章にある「もつと內的に突き入つた季感象徵を旨とした」というところに着目したい。いわゆる、「季感象徵論」に通じるものだが、その辺りをまずはキーにして、大正六年の亜浪の俳句を見ていくことにしよう。もちろん、その理由としての「季語感想から來る概念化を虞るることよりして」という前提は忘れてはならない。

潮あとの海月とろけつ晝霞　（大六）
梅雨しげき庭樹に黴の昇りけり
涼風や草蜻蛉《かげろふ》の簾傳ひに
蟹の音炎天の砂かぎろへり
野分吹く芦越す水の月夜かな
梢積んで日向このまし笹子來る

これらの俳句群では、いずれも季語が二つ入っている。これも以前書いたが、亜浪は意識的に季語を重ねることにより、敢えて「季語感想から來る概念化を虞」れ、「もつと內的に突き入つた季感象徵を旨と」しようとしたのではないかと考える。その成否は少なくともこの時点では十分ではなかったとしてもである。その意図は理解できる。いずれの句でも（特に前半の方だろうか）、独特の感性を有する俳句の誕生を予見させるものがあるだろう。「涼風や」の句の爽やかな感じはなかなかに味わい深いものがあるし、「蟹の音」の句などは、新しい俳句世界の扉が開くのを垣間見るような気もする。そんな新しい世界の誕生を期待させる俳句群なのである。続けて、亜浪自身の大正六年の自選二句を挙げておく（『亜浪句鈔』自序より）。

毛蠶時の暇の巣折り蝶の來る　（大六）
ゴミ蚋の我れのみにつく磧草

これらの句を見ても、亜浪の独自性と特殊性が見て取れる。やはり、この二句も季語が二つ入っていること、および何かを言わんとしているという感触、それこそがまさに象徴性ということになるのだが、そんなことを感じさせる俳句であることが分かるだろう。少なくとも、季語の概念性を打破せんとする意図は明確である。

晝の爐に消え消えの火種拾ひけり
春淺く飴の仕込みの湧き足らず
盆の月山のぼる灯の一つ見ゆ
蝶の影追ひ失へる子等つれて
霜下る夜空に木々の犇めけり　（大六）

これらの俳句群には、亜浪の美意識のようなものが感じられる。「消え消えの火種」を拾うというのも何か思いがあるに違いないし、「盆の月」に山を昇る灯が一つ見えるというのも、ありきたりのようだがある種農村の原風景のようで懐かしい。「霜下る」の句も同様だろう。どこか懐かしい風景。そして、「蝶の影」の句。「追ひ失」うのは子供たちではなく、むしろ大人であり、自分自身ではないのか。それは一体何か。それを追い求めている亜浪自身の姿が見えてくる。

大正七年の俳句

続いて大正七年の俳句を見ていきたい。だが、その前にこの大正七年という年が亜浪にとって非常に大きな意味をもった年であったことを説明しておく必要がある。それは、「石楠」創刊の後ろ盾となっていた最大の功労者である大須賀乙字との別れであった。

「石楠」創刊は大正四年だから、乙字と亜浪との蜜月は四年ほどしかなかったことになる。乙字という人物は、まさにこの時代を代表する理論家である一方、新傾向俳句の擁護側から反対派へ回るなど、様々な物議を醸した人物でもあった。だが、「季語」の創始者とも言われ、特に俳論史においては無視できない存在である。その乙字となぜ離反するに至ったかということである。

亜浪が乙字に最も影響を受けたのは、「俳壇復古論」であると言われている。このほかで乙字の代表的な俳論が「季感象徴論」と「二句一章論」である。亜浪も当初はこれらの論に心酔していたのだが、さらに作句活動を進めるにつれてこれらの論の問題点が露呈してきたのである。そのことを明確に示した文章が『亜浪句鈔』の自序に書かれているので再度掲載する。

（大正）六七年頃には、季語感想から来る概念化を虞るることよりして、もつと内的に突き入つた季感象徴を旨としたのである。けれども、それがまた田園憧憬による内容の局限化と、二句一章論に囚はれた形式の固定化とに省みて、更に「季感の擴充と表現の自由」とを新しい標語として局面の展開を試みてもゐる。

「季感象徴を旨とした」というところはまさに「季感象徴論」を遵守したということだが、その結果が「田園憧憬による内容の局限化と、二句一章論に囚はれた形式の固定化」を生み出したと亜浪は考えたのである。例えば前節で取り上げた大正六年のなかの一句を見てみよう。

涼風や草蜻《かげ》蛉《ろふ》の簾傳ひに

この句など清々しく見事ではあるのだが、確かに田園憧憬的な思いと二句一章の一般的な形態をとっている事実は否めない。このような事実を踏まえて、亜浪は先の引用文にもあるように『季感の擴充と表現の自由』とを新しい標語として局面の展開を試み」たのである。

だが、それは結果的に乙字の代表的な論である「季感象徴論」と「二句一章論」を否定することになるわけで、乙字と亜浪の関係はこの時点で決定的なものとなったのである。さらにまた、亜浪、乙字ともに用いた「季感」という言葉への思い、そして考え方も対立の大きな原因になったのではないかと思われる。

先の引用文の少し後に出てくる、次のような亜浪自身の言葉がある。

季感といふ言葉を遣ひ出したのは私であつたと思ふが、それと前後して、同友乙字がこれを用ひ出したので、私は全く獨り立ちとなつてからは、それがどうにも慊らなく思はれてゐた。

「季感」という言葉を最初に言い出したのが本当に亜浪かどうかは別にして、確かに、乙字は頻繁に「季感」という表現を用いている。

その「季感象徴論」から、もっとも肝になると思われる部分を引用しておこう。この引用は、妹尾健の著になる『妹尾健俳句評論論文選Ⅱ』からのものであり、妹尾自身の言葉も含んでいる。

最後に乙字の有名な季感論を引用しておきます。

「すなわち季感とは、厳密にいえば一俳句の統一的情趣に外ならない。一俳句の統一的情趣を作る上に、最も重要な気象なり景物なりが、その俳句の中の季語であってその他の語はいわゆる季題であっても季語ではない」。

再びいえばここでいわれている「統一的情趣」とは表現主体のことであって、その主体を通過した気象・景物が季語を生むというのです。従って季題と季語は厳然と区別されるのであり、いかに季節を詠みこんでいるからといって、それは俳句の季語ではない。「統一的情趣」の中に「自我」が没入されてこそ俳句は成立するのだと乙字は説くのです。（「大須賀乙字論」）

乙字の論そのものは、大正八年一月の俳誌「常盤木」に掲載されたものであり、ここで論じている大正七年と同時期であったといえる。亜浪は、「季感」という言葉の創始者という点にこだわったようだが、乙字の季語論そのものは非常に明確なものであった。

この文章は非常に重要な二つの点を明示している。一つは、季感と季語の違いであり、その明快さである。その点は否定の余地はないだろう。だが、亜浪はその季感にもこだわり続けた。そして、ついには「自然感」に行き着くのである。これについては、次の機会に述べる。

もう一つの重要な点とは、「『統一的情趣』の中に『自我』が没入されてこそ俳句は成立する」ということである。

もちろん「自我」といっても様々な形態・性格があることはいうまでもない。だが、亜浪は間違いなくここから、これからの俳句の道を見出したように思われる。ここから、俳句の「ちから」そして、いよいよ「まこと」へと繋がっていったのである。

そのことを示す例が、大正七年の句の中に見える。この年初めて次のような「我れ」を用いた俳句が登場するのである。

茅花抜き抜き土手遊びする我れなりし　（大七）
納涼む我れとゐて吹かるるよ生簀の鵜

リフレインがあったり、極端な字余りであったりと複雑な句だが、だからこそ、そこに亜浪の強い思いが籠められていると思うのである。

5 「石楠」革新期（大正八〜十年）

ここからは、「石楠」の革新期とでも呼ぶべき大正八年から十年の句を見ていく。ここで「革新期」というのは、特に私が命名したわけではなく、亜浪自身が『亜浪句鈔』のなかで次のように記していることによる（大正七年前書き）。

表現の轉換と共に內紛漸く萠して將に革新時代に入らんとす。

この文章は大正七年の句に対してのものであるが、実質的な革新期は大正八年以降と私は考えている。大正七年にも前章で記したようにその萌芽は見られるが、まだその程度の変革であった。それでは大正八年はどうかというと、やはりまだ真の変革という感じではない。だが、少しずつではあるが、変革の兆しが見えてきているのである。

雪晴れの初日てらてらと竹林　（大八）
大寒や火桶抱く我が脊曲るべし
春風や動くともなき雲一片
苔水を蜂ふくみ去りふくみ去る
鳴けば鳴く犬や時雨の木の葉降る

「てらてら」と擬態語を用いて初日を捉える独特の感性。「我が脊」と字余りにした作句手法。「春風や」の句のますらおぶり。さらには「苔水」の句や「鳴けば鳴く」の句に見られるリフレインの多用。いずれも亜浪俳句に独特のものであり、それらすべてをこの時期においてすでにはっきり見ることができる。句の完成度もまずは悪くない。

そして、いよいよ真の変革期とでも呼ぶべき大正九年へと入っていく。この年には、亜浪の代表句が二句も発表されており、第一期の亜浪俳句が打ち立てられた年といってもいいのである。その二句を以下に示す。

鴨のそれきり鳴かず雪の暮　（大九）
木曾路をたどりて廻國のあとを追ひつつ
木曾路ゆく我れも旅人散る木の葉

この二句を解釈する前に、なぜ大正九年というこの時期にこれほどの見事な俳句を亜浪は成すことができたのか。その理由について考えてみたい。

『亜浪句鈔』の大正九年の前書きには次のような記載がある。

一月二十日、病める乙字氏終に逝き、左衛門氏また踵いで館を捐つ。

すでに書いたように、盟友であった大須賀乙字は大正七年に「石楠」を離脱していた。だが、俳壇にあってその存在は亜浪の目には入っていたであろう。その乙字が遂に大正九年一月に亡くなったのである。ある意味恩人でもある乙字の死は亜浪にとっては相当に重いものであったろう。感無量でもあったに違いない。だが、このことが亜浪の精神に一つの転機となったことも間違いのない事実であった。前章で書いたように、例えば「季感」という言葉でさえ、乙字も使っていたというだけで「慊《あきた》らなく」なってきたとまで言っているからである（『亜浪句鈔』自序）。

そのような閉塞状態から、乙字の死によってある意味亜浪の精神自体が解放されたのではなかったか。それを証明するかのように、大正九年はいままでにないほどに頻繁に日本全国の旅に出ているのである。「永遠の旅人」という自覚が芽生え、その旅のなかから、先に示した代表句も生まれたのであった。

乙字の死は亜浪の精神を解放したと言ったが、もちろんそれだけではない。その死が与えた衝撃はあまりに大きく、乙字亡き今、亜浪は自分が俳壇を革正するしかないと、いまさらながらに強く決意したに違いないのである。そんな様々な思いが、亜浪の詩精神の急激な高揚をもたらしたことは想像に難くない。

いよいよその代表句を見ていく。まずは、「鵯」の句である。

鵯のそれきり鳴かず雪の暮

大正九年一月二十九日、神奈川県の中津へ赴いた時の三句のなかの一つである。乙字が亡くなってからまだ九日しか経っていない。そんな時期であり、乙字への思いもどこかにあったのではないか。そんなことも感じさせる句風である。この句については、背景も含めて西垣脩の解説があるのでそれを引用する。

神奈川縣の中津川のほとりに、この句碑が建つたのは句の成つた時より八年目の昭和三年であつたが、除幕の日春雨の降る中に、數羽の鵯が鳴き競つたさうである。「若しあのとき鵯があと二聲三聲と鳴いたら、この句は出來なかつたかも知れない」と先生も笑つて云はれた。そんなものかも知れない。先生の文章によると、この句の出來た當時その座には相當數の句作者がゐて、その鋭い叫びをともに耳にしたらしいのである。そして「鴨でせう、多分……」などと生返事をしたといふ。鑑賞の上では、先生がひとりきりで居られたととりたい所だが、事實先生ひとりきりと同じことであつた。この契機と消息が私には大へんおもしろいことに思はれる。くらくなってゆく雪景、雪がはらはら散つたあとはしづけさの底に沈んでゆくばかりの視界に引き込まれ、鴨の一聲にすがつた孤獨の實感が一句に籠つてゐる。

（『臼田亜浪先生』「先生の二十句」）

見事な文章であり、付け加えることはない。だが重要なことは、これほどの句が大正九年に成立した理由が、実はもう一つあると思われることである。その理由は、亜浪の初期の俳句観に強く関わる部分であり、それについてさらに詳しく見ていく。

大正九年の意味

俳誌「石楠」創刊から約五年を経た大正九年の亜浪の俳句について解説を進めている。この大正九年という年が亜浪にとって如何に重要な年であったかということを伝えなければならない。すでに何度も書いたように、この年亜浪はある意味突然に近い形で、次の代表句とでも呼ぶべき二句を成したのである。

鴨のそれきり鳴かず雪の暮

木曾路をたどりて廻國のあとを追ひつつ

木曾路ゆく我れも旅人散る木の葉

そしてその理由の一つとして、「石楠」創刊の最大の功労者であった大須賀乙字との永別があったことを説明した。

ここでは、もう一つの理由について少し詳しく考えてみたい。それは、これが亜浪の俳句観に大きな影響を与えた領域だからである。

大正六、七年から大正十年の間の、亜浪の心境を語る言葉が、『亜浪句鈔』の自序にあるので、まずはそこから引用する。

> さはれ、私の思想感情の上に一大轉化を來したのは「鬼貫の言葉にまことを覓めて」からの心の歩みである。外の患ひ、内の憂ひに基いて、人間としての修業につとむべく一念まことを求むると共に、ひたすら心の平靜を保たうとした宗教的信仰に依立する。「俳句を求むる心」の信念確立であつた。〔傍点ママ〕

ここで初めて「まこと」という概念が語られたことは特筆されていい。亜浪といえば、「まこと」

であり、そこから導かれる「俳句道即人間道」は殊に有名だが、その思想はここから始まるのである。

さて、まずは「まこと」について考えてみなければならない。「まこと」は先の引用にもあるように、江戸時代談林俳諧末期の俳人上島鬼貫が提唱したと言われている。鬼貫は芭蕉と同時代を生きた俳人であるが、芭蕉にも繋がる「まこと」をもって、芭蕉俳諧の先駆者の一人とみなされている。

鬼貫は武家の出であったが、俳諧を生業とするようになり、十五歳で談林の宗匠である西山宗因から俳諧を学んだ。だが、和歌や連歌を学ぶにつれて、貞門と談林の双方がともに言語の技巧や新奇な使用のみを追っていることに疑問を抱き始めた。そうして、俳諧は「まこと」の表出なりという信念を抱くようになった。貞享二年（一六八五年）の春、芭蕉の「古池や」の句よりも一年前に、「まことの外に俳諧なし」と悟ったと言われている。まさにその意味でも芭蕉の先駆者であった。

そして、いよいよ「まこと」である。それほど簡単な思想ではないが、いくつかの解説を引用してみよう。

誠《まこと》論の内容は、『独言《ひとりごと》』に詳しいが、その主張は、姿詞を飾らず心を深く思い入れよという点にあった。（鬼貫の）句風は率直真摯で淡白洒脱、童語・俗語・口語を多用し、無季の句も積極的に試みた。

（井本農一・堀信夫編『古典俳句を学ぶ　上』）

もともと、言葉の技巧や新奇さのみに走っていた貞門と談林への反動から生まれた思想であるから、「姿詞を飾らず心を深く思い入れよ」という主張はよく分かる。そして、「まこと」が「心」と深く関わっていることも明白である。もう一つの解説を見てみよう。

「まこと」によって鬼貫が具体的になにを意味していたかは必ずしも明確ではないが、とにかく俳諧のこの理想は、以後繰り返し繰り返し彼の口をついて出るようになる。「まこと」は、まずなによりも貞門、談林の技巧過多に対置される簡潔であり、それはまた初期俳諧の皮相性を却《しりぞ》ける純真さである。あるいは、それは、言葉を月並みな道具として使わず、目にうつる対象の真の姿を発見しようとする真摯《しんし》な努力でもある。あるときには、彼は「まこと」の素直さを、母の胸に抱かれた幼な子が花にほほえみ月を指すあどけなさにたとえている。鬼貫は、幼な子の目で自然を見なければならぬと言い、表面的な教養は、他人をあざむく悪《あ》しきものとして批判した。

（ドナルド・キーン『日本文学の歴史7　近世篇1』）

長い引用になったが、亜浪を論ずる上での非常に重要な部分を含んでいるため、採録した。亜浪がなぜ「まこと」に行き着いたのか。その理由がここより明白になる。

亜浪が俳誌「石楠」を創刊したのは、碧梧桐派の極端な非俳句的傾向を排し、一方で虚子派のあまりに伝統に依存しすぎた守旧的・保守的傾向に対抗するためであった。そのような思いで、俳諧の歴史を眺めた時、亜浪の目に映ったもの。それこそが、「まこと」であった。

「『まこと』は、まずなによりも貞門、談林の技巧過多に対置される簡潔」だったのであり、これは極端な言葉遊びにも似た風潮までも作り出した碧梧桐派そのものであったろう。一方で、「まこと」は「言葉を月並みな道具として使わず、目にうつる対象の真の姿を発見しようとする真摯な努力」であったとすれば、虚子の「客観写生論」には「ちから」がなく、「真摯な努力」が不足していると見た亜浪にとっては、まさに打ってつけの思想であったと言えるだろう。

さらにまた「鬼貫は、幼な子の目で自然を見なければならぬと言」ったというが、これなどまさに芭蕉の「俳諧は三尺《せき》の童にさせよ」(『三冊子』)に繋がるものである。

それではなぜ鬼貫は芭蕉を越えられなかったのか。あまりに平明さに流れすぎたとも、理論に実作が伴わなかったとも言われている。それでも、亜浪は鬼貫の「まこと」を求めた。その理由としては、亜浪は「まこと」の持つ精神性に魅かれたためと考えるのが自然のように思われる。


鬼貫は、被造物の一つ一つがそれ自身の本性を持ち、詩人の使命はそれを理解し、その一つ一つを見分けることであると信じていた。(ドナルド・キーン『日本文学の歴史7 近世編1』)

この考えは亜浪の「自然感」と近く、鬼貫に自分自身を重ねていたのかもしれない。

6 俳句を求むる心

臼田亜浪が俳誌「石楠」を創刊したのは大正四年であるが、俳句に真に開眼した年は大正九年と考えている。その頃に、上島鬼貫の「まこと」に着目し、そこにのめりこんでいったのである。その鬼貫の「まこと論」について前章で概説した。問題は、亜浪が鬼貫の「まこと論」を受けて、如何に自分の俳句観を打ち立てていったかにある。

大正八年前後の亜浪の心境を伝える言葉を、『亜浪句鈔』の自序より再度引用する。

さはれ、私の思想感情の上に一大轉化を來したのは「鬼貫の言葉にまことを覓めて」からの心の歩みである。外の患ひ、内の憂ひに基いて、人間としての修業につとむべく一念まことを求むると共に、ひたすら心の平静を保たうとした宗教的信仰に依立する。「俳句を求むる心」の信念確立であつた。〔傍点ママ〕

臼田亜浪の思想に一大転換をもたらしたものは、鬼貫の「まこと」を求めての結果だといい、それが「俳句を求むる心」の信念確立に繋がったことになる。これこそが、亜浪にとっての最大の思想信条となったのである。

そのことを如実に示す事実がある。

『俳句を求むる心』が「石楠パンフレット」の一つとして石楠社より刊行されたのは、大正十二年二月であった。時を経て、昭和十七年に刊行された『道としての俳句』には、巻頭から四十頁にわたって、この「俳句を求むる心」がそのまま採録されている。最初の刊行から二十年を経て、晩年に到るまでその考えと思想は変わることはなかったのである。この辺りは信念の人とでも呼ぶべき亜浪らしいが、いずれにしても、この「『俳句を求むる心』の信念確立」こそが、臼田亜浪という俳人の生き方を決めたと言っても過言ではない。

この章では、この『俳句を求むる心』を読み解くことにより、亜浪の俳句への思想信条を明らかにしていく。まず、ここに到るまでの経緯を少し詳しくみていくことで、その背景を明らかにしたい。その経緯も『俳句を求むる心』の中に記されている。

それは大正七年の七八月の交であったが、（中略）遂に乙字氏及び其の門下の人達と暫らく袂を別つの餘儀なきに至つた私は、何うしても本然の「我れ」に目覺めざるを得なかつた。一層拔本的に何うにかせねば、俳句を求むる私の心は安定を得べくもなかつた。此に於てか

> 私は第一義的に飽迄もまこと（卽ち眞、卽ち眞實）に徹し、まことに生きんとする心の根ざしを固めたのである。〔傍点ママ〕

幾多の俳人たちとの別れがあったのは、やや強固な態度で革新を進めようとしたこともあり止むを得なかったとはいえ、「石楠」創刊を共にした乙字一派との決裂はさすがの亜浪も相当に堪えた。その結果、「何うしても本然の『我れ』に目覺めざるを得なかつた。一層拔本的に何うにかせねば、俳句を求むる私の心は安定を得べくもなかつた」のである。この時期から「我れ」という俳句表現が目立ち始めるのも、また、「俳句を求むる心」が生まれてきたのもすべて必然的な流れであったということになる。そのような心の安定を希求するなかから、亜浪は「第一義的に飽迄もまこと（卽ち眞、卽ち眞實）に徹し、まことに生きんとする心の根ざしを固めたのである」。

そしてさらに、それに続く引用文には鬼貫への思いが溢れている。と同時に、俳句を越えた精神性をそこに求めていることが分かる。以下先の引用に続く文章である。

> まことを念ずる私の心に、眼に、鬼貫が繰り返へし繰り返へし說いてゐるまことといふ言葉は、如何に深く響き、如何に嬉しく映じたことであらうか。私は鬼貫の遺文にまことを覔《もと》めて、その覔め得た欣びを私等の友たる人々に頒たうとした。それは（大正）七年の霜月號に於ける「鬼貫の言葉にまことを覔めて」の一篇である。私は彼のまことと其のものを其の言

葉によつて、啻に俳諧發句の上ばかりでなく、宗教的にも哲學的にも將《ま》たまた道徳的にもこれをしみ〴〵と味つたのである。〔傍点ママ〕

亜浪にとっては、「まこと」とはただ俳句の上だけでのことではなかったことが、ここから認知される。もともと「まこと」という言葉自体が精神的色彩を帯びていることは誰もが感じていることだ。だが、亜浪は敢えてそれを明言することで、己れの独自性を明確に示そうとしたのではなかったか。亜浪にとっては、「俳諧發句の上ばかりでなく、宗教的にも哲學的にも將たまた道徳的にもしみじみと」感じるところがあったというのである。ここから、亜浪の「俳句道即人間道」は始まっていく。この辺りのことについては、次節に詳しく述べるとして、少し大正九年の俳句を紹介しておく。この句もまた西垣脩の「先生の二十句」（『臼田亜浪先生』）に選ばれた句であることを心に留めておきたい。その鑑賞文とともに引用する。

風 の 聲 碧 天 に 舞 ふ 木 の 葉 か な　（大九）

戸隱山の中社ちかくに「小鳥の森」といふのがある。以前はよくラジオの實況放送にこゝの小鳥の囀りを聞かせたものであつた。もう十年も昔のことになるが、深秋この戸隱を訪れて、日本アルプスの連峰が新雪のよそほひを終へたのをながめ、季節の尖端の場所といふことを實感したことがある。「小鳥の森」では原始のまゝの樹樹が一齊に落葉を降らしてゐた。風が吹くと千萬の木の葉が忽ち小鳥に化して空に舞ひ翔つのである。その壯觀を私は一生忘れることが出來ない。さうして先生の戸隱でのこの句が私の創作意欲を完全に封殺したといふ記憶も忘れることが出來ない。この「二十句」を選ばれるときも、私がこのことを云ふと、先生は笑つてこの句を選に加へられた。あそこで聞いた風の音は、たしかに天狗の笑聲を聞くやうであつた。「風の聲」といふ表現のたしかさと「碧天に舞ふ」の張りに、私は文句なしに頭を下げる。

背景の深さも含めて、亜浪の凄さをまざまざと感じさせる鑑賞である。亜浪の雄渾な俳句の飛翔の瞬間が見事に看破されているのである。

亜浪の「まこと論」

前節では、大正七年頃に上島鬼貫の「まこと論」に傾斜していった状況について説明した。ここからは鬼貫の「まこと論」を受けて、亜浪が打ち立てた俳句観について考えてみたい。

前節で書いたように、亜浪が「まこと」に精神面も含めて感化されていたことは紛れもない事実である。だがそれに至るまでには様々な紆余曲折を経ていた。例えば大正九年初冬には「自然愛と人間苦」を説き、「絶えざる人生の苦惱！　其の人間苦と、かぎり無き自然の慈光！　其の自然愛と觸れ合ふ刹那の靈火！　其處に本當の藝術境が展けまことの俳句が生れる」（『俳句を求むる心』）と言っていながら、自分自身の征服的な野望の存在という矛盾に突き当たっていたのである。

ある意味、精神論とでもいうべき「まこと」に従うことは、芸術至上主義の立場からはまさにその通りという感じなのだが、現実社会、特にその当時の俳壇においては様々な闘争や批判が渦巻いていた。そんな中で、俳壇的野心をもって立った亜浪にとっては、その純粋性と現実との間の矛盾をどう納めるかはどうにも収拾のつかない問題であった。そこで、「北国の旅」に出て、芭蕉の思いに縋ろうとしたりもし、その結果次のような思いに至ったのである。

（大正）九年の八月念一、私は金澤の友の勸むるがまゝに獨り北國の旅に上つた。そしてその二十五日河北潟に遊んだ戻りの事である。（中略）其の夜、私はつくぐ〵と「旅は慌しくそして淋しいものだ」と思つた。思ふと共に「片雲の風にさそはれて漂泊のおもひやまず」芭蕉が巡り巡つて金澤の土を踏んだのは丁度其の頃であつたことを考へ合された。そして「芭蕉は全く旅によつて、人としてのまことに徹し、俳句に於てのまことをもとめ得た」ことが肯かれた。人生は羈旅の如し、全くそれに相違ない。人生の究極は「寂し味」だ。誰が何といつても、これだけは鐵律としての響きを持つ。まことは此の「寂し味」を透して始めて心會される。私の考はこの旅行を轉機として著しく變つて來た。人生――羈旅――苦惱――孤

獨――寂しさ――まこと、といふやうな鏈りのつながりを辿りつゝ人間としての修業に心が傾いて往つたのである。〔傍点ママ〕
（『俳句を求むる心』）

そして、大正十年の初頭には次のようなことまで言い切ったのである。

私はこれから私の一切が許すかぎり、一念まことをもとめよう。ほんとうの私の俳句はこれからだ。〔傍点ママ〕
（『俳句を求むる心』）

ここまでの決意に至りながらも、それでもなお様々な内憂外患によって、亜浪の心は平静を得ることは出来なかった。現在のような時代ならば、このような建て前と本音などはごく自然に使い分けていただろうし、それを誰も何とも思わないだろう。だが、この大正期にあっては、まだ、明治の気骨の残っていた時代であり、亜浪のような考え方はなんら不自然ではなかったのである。それだけ純粋であり、文学そして俳句に対してもあくまでも真摯に相対していたのである。だが、このような幾多の苦悩を経験することで亜浪は新たな境地に進んでいく。それが「自然感」の提唱であった。それに関する部分をここに引用する。

「私はあるがまゝの自然を對象とし、自然の心と人間の心と融合冥化した解脱的心境に踏み立つ其の表現の本質よりして、端的に「自然感」と呼ぶの極めて適當である事を確信する。そして其の底ひに深く味ふまことが一句のいのちであることを提唱したい。そして俳句作の根本義が郷土的意識に存する限り、多くの場合其の表現は、必らず季語のはたらきに俟《ま》つべきは疑ひ無い事實であると共に、季語のいのちを眞に生かすべく季語を驅使し、季語感想を離脱することに據つて自然感の充溢が期待されよう。」といつて、新に「自然感」を提唱したのも、畢竟私が踏み出すべき第一歩としての宣明を意味する。〔傍点ママ〕　（『俳句を求むる心』）

亜浪の「自然感」は、もともと「まこと」に根差しているものであり、「自然の心と人間の心と融合冥化した解脱的心境」という亜浪の根本義から生じていることが分かる。そしてさらに重要なことは、「季語のいのちを眞に生かすべく季語を驅使し、季語感想を離脱することに據つて自然感の充溢が期待さ」れると言っていることである。この時代にすでに「季語感想を離脱」すべきという亜浪の考え方は新鮮であり、先見性があった。もちろん、虚子の客観写生に基づく月並俳句の量産には堪えがたいものがあっただろう。そこから来ているとはいえ、この考えは新しかった。

そして、いよいよ亜浪の心は定まるのである。

敢て曰ふ。私は俳句をたゞの一藝術としてのみ扱つてゐるものではない。私の俳句を求むる心は、道を求むる心である。即ちまことを求むる心である。〔傍点ママ〕

（『俳句を求むる心』）

ここより、まさに亜浪の奥義とでも呼ぶべき「俳句の道はまこと」が生まれたのである。さらに、この奥義については読み進めるとして、大正九年のもう一つの名句について少し記しておきたい。今回も西垣脩の解釈を引用する。

木曾路ゆく我れも旅人散る木の葉　（大九）

先生代表作のひとつとしてよく知られてゐる句。大正九年十一月五日、霜寒い朝の木曾街道を南へとつて歩かれた。芭蕉の「棧やいのちをからむ蔦かつら」のその棧を過ぎて、やや平らな木曾川沿ひの日向道にかゝつたとき、同行の小川芋錢畫伯が例の寫生を始められたので、先生はひとりゆつくり先へ進んで行かれた。じめじめする胸の膏薬かぶれが氣になつて、やりきれなかつたさうである。小曲りを曲つて、ふと向ふに菅笠に笈のやうな小荷物を負うた旅装束の一人が坂がかりを歩いてゆくのが、目にとまつた。足どりが老人らしい。はらはらと木の葉が散りかゝる。

廻國とおぼしきがゆく散る木の葉

といふのが突嗟に浮いてきたさうだ。それを追うて「木曾路ゆく我れも旅人」の詠歎がつき上げて來たといふ。散り舞ふ木の葉のひそかな瞬間に、先生は旅人である自身の姿を鮮やかに寫しとめられた。

（『臼田亜浪先生』）

見事な解釈で付け加えることもないが、亜浪が旅人であることを真に実感したその瞬間であった。

亜浪の「まこと論」の本質

この章の最後に、亜浪の「まこと論」の本質について考えてみたい。
前節でも示したが、亜浪の「まこと」に対する決意表明をしたのが次の言葉である。

敢て曰ふ。私は俳句をたゞの一藝術としてのみ扱つてゐるものではない。私の俳句を求むる心は、道を求むる心である。即ちまことを求むる心である。〔傍線筆者〕

（『俳句を求むる心』）

これより、亜浪の一大スローガンとでも呼ぶべき「俳句の道はまことに生きる人間の道」が生まれたことは明白だろう。また、もっともよく知られている「俳句道即人間道」もまたこの考え方から生まれていることが分かる。まさに傍線部そのものだからである。

　こうした独自の考えを推し進めた亜浪は、ますます「生き方」と俳句との関係性を強めていき、次のようなところまで行き着くのである。

　私の俳句を求むる心は、第一義諦としての人間の完成へ！　がそれである。人格の渾成へ！　がそれである。（中略）従つて俳句其のものは第二義的な立場に置かるゝものゝやうにも見える。

（『俳句を求むる心』）

そして、そこから少し間をおいて、さらに次のように続けるのである。

　則ち、私が俳句に頼り俳句を求むる心を押し詰めてゆけば、まことを念ずる心、道を求むる心であるからして、俳句其のものは、さうした根本的な立場の前には、どうしても第二義的なものゝやうに見らるゝことを免れない。〔傍点ママ〕

これを読むと、亜浪は俳句に精神的なもの、生き方的なものを追究しすぎたあまりに、人間としての生き方をより良いものとするための単なる手段として、第二義的なものとして俳句を扱っているかのような誤解を招く。だが、亜浪は実際、誤解というわけでもなく、事実としてそのように見ていたことも確かであった。先の文に続けて亜浪はこうも言うのである。

（俳句を）私自身としても自らを修むるに急なる現在の道念よりすれば、第二義的な地位に置くことを拒まうとするものではない。即ち俳句は私にとつての經文であつて、求むるところは經文其のものを透して味到し體得せんとする靈なる光りであり力である。經文其のものが理想の究極ではなく、信仰の對象ではない。

亜浪にとっては、生きる道を究めることこそが第一義なのである。だが、それは人間である以上、ある意味当然とも言えるだろう。よって、良い生き方をするための俳句は道具であって、第二義的であるというのは結局は方便であるに過ぎないことがすぐ分かる。なぜかというと、その道具は必ずしも俳句でなくてもいいのであって、敢えて俳句をその道具として選んだことこそ、俳句への思いの裏返しだからである。そのような意味も含めて、前記文章に続く以下の文章は非常に重要な意味をもっている。

けれどもまた逆に、私が俳句を以て、私のさうした心の唯一の表現形式として頼り求めてゐる點よりすれば、宗教も藝術もない、況して一切の科學もない、それが私にとつての第一義的なものである。さうした希ひのもとに、私のいのちをこめたものとして、私と私の俳句とは二にして一である。あらゆる自然の現はれを透して、其處に閃き通ふ靈性の息吹に接すべく、其の靈妙なる現はれ、涙ぐましいまでに微妙なる其のはたらきを、其のすがたを、さうした心のもとに讃嘆し禮讃する言葉其のものが私の俳句である。言ひ換へれば私の心の端的なる象徵である。即ち俳句は私であり、私は俳句である。それがまた言靈の充ち滿ちた尊い詩品と信ずる。そして其の俳句に私のこころ、いのち、たましひをこめゆくことに依つて、私のこころ、いのち、たましひは、それだけづつ淨化され純化され眞化されてゆくことを感得し心會するのである。故にさうした一切渾融の心境よりすれば、私と俳句と自然の偉靈とは、三にして一であるともいへる。

臼田亜浪の俳論の根幹に関わる部分であるため、長い引用になった。

亜浪にとっては、俳句が「心の唯一の表現形式」であり、「宗教も藝術もない、況して一切の科學もない」というほど、それらを越えるほどの「第一義的なものである」というのである。俳句は「心の端的なる象徵」であり、「自然の現はれを透して、其處に閃き通ふ靈性の息吹に接」し、「讃嘆し禮讃する言葉其のもの」であるという。そして次の言葉となる。「私と俳句と自然の偉靈とは、三にして一である」。ここまで言った俳人は、過去にも現在にもいなかったのではないか。

ここまで言い切ったところに亜浪の凄さを見る思いがする。

それでは「まこと」と芭蕉のいう「さび」とはどう違うのだろうか。亜浪は芭蕉の紀行文・俳論を考察した結果、「所詮は言葉の違ひのみで、幾《ほとん》ど同じ心の象が感ぜらるゝ」という結論に達した。

そして鬼貫が「まこと」を其の標語としてゐたのに對し、芭蕉は「さび」を其の標語としてゐたのであるが、其の生活、其の行逕に觀て、唯だ彼れは明るく輕く、此れは暗らく重く味はるゝに過ぎない。　（『俳句を求むる心』）

そしていよいよ『俳句を求むる心』の最後に繰り返し述べている言葉こそ、亜浪のすべてであったというべきだろう。

私はまことを念ずる私のいのち綱として俳句を求むる。私は俳句をたゞの一藝術としてのみ扱つてゐるものではない。まことの意義を對立的に觀て、單に藝術的な眞實と解し、道徳的な「誠」と思ひ、また哲學的な「眞」と覈ひ、宗教的な信と念ずるは、解し、思ひ、覈ひ、念ずる者の自由であるが、私に於ては、それ等を包括した無量圓覺の超絶我にまで押し詰めてゐるのである。〔傍点ママ〕

7 「石楠」完整期（大正十〜十五年）

しばらく臼田亜浪の主要俳論とも呼ぶべき『俳句を求むる心』にこだわってきた。それは、亜浪の俳論の中心課題がそこに盛り込まれていたからである。今一度、その結論部分を引用しておく。

私はまことを念ずる私のいのち綱として俳句を求むる。私は俳句をたゞの一藝術としてのみ扱つてゐるものではない。まことの意義を對立的に觀て、單に藝術的な眞實と解し、道徳的な「誠」と思ひ、また哲學的な「眞」と覈ひ、宗教的な信と念ずるは、解し、思ひ、覈ひ、念ずる者の自由であるが、私に於ては、それ等を包括した無量圓覺の超絶我にまで押し詰めてゐるのである。

端的に言えば、亜浪の俳句に対する考えはここに書かれた言葉に尽きるのである。それならば、これ以降、大正十年以降の亜浪俳句の変遷を見ていく必要があるだろう。ここからは、しばらく実作品を見ていこう。まずは、大正十年の句をいくつか挙げる。この年四月に、亜浪は「新標語としての自然感」を発表している。

冬蝿の二つになりぬあたたかし　（大十）
木より木に通へる風の春浅き
浅間ゆ富士へ春暁の流れ雲
妻も子もはや寝て山の銀河冴ゆ
蒼空のもと秋草の中の我れ

だが「自然感の提唱」といっても、俳句そのものがここから極端に変わるわけではない。いま一度「自然感」に対する亜浪の考えを示す。

私はあるがまゝの自然を對象とし、自然の心と人間の心と融合冥化した解脱的心境に踏み立つ其の表現の本質よりして、端的に「自然感」と呼ぶの極めて適當である事を確信する。

（『俳句を求むる心』）

極論すれば、言葉の定義的な意味合いも強いのであって、俳句そのものが大きく変貌するというようなものではなかったといえる。むしろ亜浪独特の精神面の問題であった。だが、その精神こそが亜浪にとってはより本質的な問題であった。

「冬蠅」の句や「妻も子も」の句は、生き物や家族に対する愛情の感じられる亜浪らしい作品である。特に新しいことではないが、自然と人間の心の融合といえなくもない。ある意味そういう感じを強く抱かせるのは、「淺間ゆ」や「蒼空の」の句ではないかと思う。「淺間ゆ」の句は第一章で示したように、浅間山を神霊と見た亜浪の詩精神から結実したものであり、まさに「自然の心と人間の心の融合冥化」したものといえるだろう。最後にこの年大正十年の代表句ともいえる「木より木に」の句を解説する。この句もまた、西垣脩の名解釈があるので、引用しておく。

木より木に通へる風の春淺き

この句の生れた場所は代々木石楠書屋の庭とのことであるが、この句を鑑賞する上にさういふ知識は一切不要だと私は思ふ。場所は何處でもよいし、木は矮小な木でさへなければ、何の木でもよい。淺春の日ざしと芽吹かんとする氣配を感じさせる木々とがあればよい。風がこつそりと通うてゐるのである。何といふ微かなものを捉へられたのであらう。それは目がといふより心がみとめたのであった。春のきざしを豫感のやうにいちはやく感じとつて、先生の胸はふるへたのである。萬人が春を實感するとき、先生は或ひは次の季節を豫感して居られるかも判らない。そのやうな感受性のするどさは待つものにのみ與へられる。纖細ではあつても、その魅力にのみ終らなかつたのは、やはり先生の健やかな精神のせゐであらう。それと、このきざしは自然の大きな推移といふ奥行をのぞかせるからに違ひない。定本亞浪句集特製本には先生自筆の句（すべて先生の眞蹟で印刷ではない）が一葉づつ入つてゐるが、私のはこの句である。

（『臼田亜浪先生』）

亜浪の感受性の鋭さは当然として、ここでいう「先生の健かな精神のせゐ」とはまさに自然の心と人間の心の融合冥化した結果到達し得た精神性というべきだろう。「このきざしは自然の大きな推移といふ奥行をのぞかせるからに違ひない」というのも、まさにそのような境地に達することで「奥行をのぞ」くことが出来たと考える。

続いて、大正十一年の句を見ていく。

雪原やかたまりてゆく小さき影　（大十一）

すがりゐて草と枯れゆく冬の蠅

ころころころろ蛙の聲の晝永し

七夕や灯さぬ舟の見えてゆく

月原や我が影を吹く風の音

霧よ包め包めひとりは淋しきぞ

大正十一年の代表的な句を挙げた。この辺りの句では、人間と自然との折り合いをどうつけていくかに腐心している感覚がある。「かたまりてゆく」のは人間なのだろう。自然の中に溶け込んでゆくかのような印象もある。「すがりゐ」るのはやはり人間も同じであり、同じ自然の中の一つであるという認識が見える。「月原」の句も同様で、月光の中の一人の人間の存在が、自然とどうかかわっていくかに焦点が当てられている。

そして、「霧よ」の句がある。この句は、この時代のいかにも亜浪らしい代表句である。「包め包め」のリフレインは亜浪らしいが、「ひとりは淋し」いという当り前のフレーズも亜浪にかかると一片の詩と化すから不思議だ。人間存在に始まる孤独感を、霧の中に包まれることで、如何にも自然の中に抱かれるかのような感触により払拭することが出来るとでもいうかのように。この句は、高野山での句であり（連作三句の最後）、亜浪は当然高野山にも神を見ているだろうから、そこで霧に包まれることはまさに自然と己れとさらには神仏との一体を意味している。霧の高野山での感慨をそのまま十七音にしたためたものであり、亜浪の自然感が見事に表出された句と言えるだろう。この句は、『道としての俳句』に高野山における随筆風の文章とともに掲載されており、その最後を引用する。

芭蕉も人間だ。

俺も人間だ。

俺の眼からも涙が溢れる。

まことだ。まことだ。

まことを求めよう、まことを念じよう。

霧よつつめつつめひとりは淋しきぞ　亜浪

大正十二年の俳句

この時期、亜浪は『俳句を求むる心』を発表したことで俳句への考えも定まり、初期の、言い換えれば亜浪らしさの最も顕著な時代と言える。

大正十二年二月には待望の「石楠パンフレット」第一号が発行された。また年末には亜浪のもう一つの代名詞とも呼ぶべき「一句一章論」の草稿も成った。

「一句一章論」とは、大須賀乙字の提唱した「二句一章論」に対するものであり、「二句一章論」に囚われすぎた形式の固定化を憂慮してのものであった。亜浪の文章を引用しておく。


そしてまた廣義の十七音を形式上の標語としてゐながらも、一句の構成上、二句一章論を肯定してゐたことは、私のひそかに潔ぎよしとしないところであつたが、俳句の發生に溯つての史的考察からして、寧ろ「一想一章」といふのより正しきことを見出した。けれども形式論としては「一句一章」と稱すべきことを思ひ見て、此にまた形式論を確立し得たのである。それは、あの大震大火によりて深酷な記録をとどめた十二年中の私としては矜らしき歩みのあとである。

（『亜浪句鈔』自序）

「一句一章」とはある意味俳句の一つの形式にすぎないわけだが、それを形式論として明確に位置付けたところに亜浪の先見性があったと言うべきだろう。当り前のような考えだが、それを誰も敢えて形式論として把握することはなかったのである。この「一句一章」という形式へのこだわりもまた如何にも亜浪らしいものであった。

この年、九月一日には関東大震災が勃発し、東京は惨憺たる状況であった。そのような影響もあってか、この年の句はあまり多くはないが、それでも特徴的な句をいくつか挙げることができる。

雪の中聲あげゆくは我子かな　（大十二）

きりぎりす夜の遠山となりゆくや

まずは代表的な二句を挙げた。最初の句などは大変素直だが、その当時からよく知られていたようだ。亜浪にとって俳句は生き方そのものだから、人間愛そして家族愛が一つのテーマであることは自明の理であり、もとよりこのような句は多かった。そんな中でも、暗い時期の多かった亜浪の句から家族愛をしみじみと感じさせる明るい感じの句の誕生は特筆されてよい。この句については、愛弟子大野林火の解説があるので引用する。

雪の中聲あげゆくは我子かな

大正十二年作。旅にゐても自分を思ひ、人を思ひ、世を思ふ作者に、家族を詠はれた句の多く見られるのは當然である。――朝から雪だ、雪だと噪いでゐた登代子さんが、「氣を付けて行きなさいよ」と氣遣ふ先生夫妻の言葉を碌に聞かずに、門を出るや否や、「雪やこんこん――」と大きな聲で、歌ひ乍ら登校される。それをうつくしい音樂を聴くごとく、聞えなくなるまで耳傾ける。子を慈しむ心で一杯になつてゐる先生である。

一句調べが彈んでゐて氣持がよい。「我子かな」も張つてゐてよい。全く健康であり、讀んでゐると一緒にその歌聲に和したくなる句である。

（『臼田亜浪先生』「『旅人』より」）

林火も書いていているように、その健康性がいいのであって、それ以外には何もないとも言える。だがそれこそが亜浪にとっては重要であった。苦悩の末に辿りついたある種穏やかな境地こそ、この時期の大きな収穫だったのである。

もう一つの句、「きりぎりす」だが、詞書に「まことの姥捨山と聞く長谷寺の泊りに」とある。こう書かれるとまた句の趣も自ずと変わってくる。「夜の遠山となりゆくか」にしみじみとした思いが籠められている。

大正十二年も相変わらず旅の句が多いが、特筆すべきは「石楠花」の句だろう。当然ながら、思いは深いはずである。

石楠花に御山の雲を見透かしぬ　（大十二）
石楠花に手を觸れしめず霧通ふ
石楠花の山氣澄まして暮れゆくか
山の聲石楠花にとぶ雲もなし

他愛のない句と言えるかもしれない。だがそこが亜浪の得た一時の静寂のようなものを思わせる。最初の三句は「富士と淺間の印象。三句」と詞書されたもの。「富士と淺間」といえば亜浪の原点であり、そこで「石楠花」の連作となれば、亜浪の思いは如何ばかりであっただろうか。いよいよ句心も定まり、新たな決意のもと、出発点に立ったというような強い思いの感じられる句である。もとより、そのような思いはこの時期では奥の方に隠されているのであって、表面的にはあまり感じられないが、だからこそ、秘められしものを思うのである。
そして、関東大震災の句がある。

壁のくづれいとどが髭を振つてをり　（大十二）
なゐをのがれし人の影追ふ月くらし
犇とゐ寄りて寝ねし妻子よ虫音降る
秋日はかなし土の赤きが疲れ呼ぶ

震災の悲しみの中でも、亜浪らしい冷静さもあれば（「いとど」の句）、家族を思う亜浪らしさも変わらない（「虫音降る」の句）。そして、最後の句。「秋日はかなし」とは、亜浪らしい表現ではないか。「土の赤きが疲れ呼ぶ」というのもそうで、何か新しい感性を感じないだろうか。新しい時代の息吹とでもいうようなものを。

大正十三年の俳句

亜浪は『俳句を求むる心』を大正十二年に発表し、また同年末には「一句一章論」の稿も完成した。この時期は亜浪らしさのもっとも顕著な時代である。ここからは大正十三年の俳句を見ていく。亜浪にとっての代表句も詠まれており、前記俳句論が完成したこととも関係があると思われる。

一月には、四週間に渡る北海道への長い旅が行なわれ、この時の句は前半の大きな部分を占めている。代表的な句をいくつかあげる。

倶知安の泊り。二句（うちの一句）

皆あたれ爐の火がどんと燃ゆるぞよ　（大十三）

氷柱ばらばら薙ぎ捨てて胸ひらきけり

網走の泊りに

今日も暮るる吹雪の底の大日輪

斜里にて。五句（うちの二句）

誰もゐねば火鉢一つに心寄る

暮れゆくや寒濤たたむ空の聲

本別の泊りに。二句（うちの一句）

宵々に雪踏む旅も半ばなり

門別途上。二句（うちの一句）

顔寄せて馬が暮れをり枯れ柏

札幌にまた戻りて

旅心はなるる雪の月まろし

この北海道の旅は、「一月二日夜都門を出でて北門雪中の旅にのぼる。倶知安、仁木、札幌、野付牛、網走より斜里に到り、引返して本別、瀧川より札幌に出で、轉じて門別、浦河に赴き、歸途札幌、函館に過ぎり、福岡、盛岡を經て月末歸京す」（『亜浪句鈔』）というかなりの長旅であった。この旅の様子は、「自然と人とに恵まれつつ」という旅日記ふうの文章として残されている（『俳句の旅をゆく』）。五十頁近くの文章を展開しており、この旅にかける亜浪の思いが伝わってくる。

「皆あたれ」の句はいかにも人間愛を標榜する亜浪らしい句である。そして、そこに豪放磊落な亜浪の性格も垣間見える。「氷柱ばらばら」の句もまた、上五の面白さに対して、その後に「薙ぎ捨てて胸ひらきけり」というおおぶりなますらおぶりがいよいよ亜浪の特徴を示している。「誰もゐねば」の句は、その寂しさと心の持ちようが亜浪的といえるだろう。

「暮れゆくや」の句は、それに続く「寒濤たたむ空の聲」の斡旋が見事で、亜浪のこの時期の代表句ともいえるだろう。いよいよ格調の高さも備わりつつある。「宵々に」と「旅心」の句は、いずれも旅の経過を告げた句であるが、そのさりげない言葉に旅心が巧みに織り込まれている。「顔寄せて」の句は、芭蕉のあの馬上吟を思い起こさせる。その雰囲気がいい。

そこで、残された「今日も暮るる」の句である。この大胆な表現と壮大な風景には驚かされるだろう。この句は、ある意味亜浪の代表句と私は考えており、この句の形成過程を見ておくことは意味があると思われる。そこは、先ほど記した「自然と人とに恵まれつつ」に記述があるので、その部分を引用する。大正十三年一月八日の部分からの抜粋である。

（網走の宿にて）少し暗くなつて來た、日が暮れるのか知らと思つて頭を擡げると、またもや轟と來た吹雪の窓越しにほのかな茜がさしてゐます。あッ今日も暮れるのだと思ひながら、私は起ち上つて廊下に出ました、そして西の空をじつと見入りました。
ああ、日が落ちてゆきます。屋根も森も一様に吹雪に閉ぢられた大空の果てを金色にぼかしてくるめきながら落ちてゆきます。日一日もろもろのいとなみの上に大慈の光りを投げた大日輪は、明日の日を恵む生々の光りをうちに包んで徐かにくるめきながら落ちてゆきます。ああ、自然と人とに恵まれた今日の日も恙なく暮れるのです。私は胸がいつぱいになりました。

今 日 も 暮 る る 吹 雪 の 底 の 大 日 輪

ここに示された大自然の営みこそが俳句の本質であり、すべてであった。亜浪俳句の真髄がここにあるといってもいい。
北海道の旅以降の句を次にいくつか挙げる。

はかなしや月になりゆく夕花菜　（大十三）
戀猫につめたき土の色見たり
涼しさや樹に倚る影の夜の水

この辺りの句では、かなり繊細な神経も感じるだろう。やはり、大胆にして繊細な神経が俳句には必要なことを示している。当たり前のことだが、このような句の流れの中から次の代表句は生まれてきた。

郭公や何處までゆかば人に逢はむ　（大十三）

いかにも「まこと」を信条とする亜浪らしい作品であり、人生とは何かまでも考えさせる句となっている。この句については、形成過程も含めて、西垣脩の解説があるので引用する。

旅人とみづから名のることは、「漂泊の思ひ止まず」といふ衝迫を自分のうちに切實に自覺することによってはじまる。大正三年夏、（亜浪）先生は病後の身を養ふために、澁温泉に滯在され、草津への道など信州の高原の上をひとりの影を落して頻りに逍遙された。先生の人生での一つの危機が此處にあつた。その危機を切りぬけるための苦悶が、先生を自然のふところへ追ひやつたのだ。自然は先生のからだの苦しみを次第にしづめてくれたし、精神の苦しみを大きく包んではくれたが、それは鎮静ではあつても結局のところ解決ではなかつた。ひとりの道をあるく、そのあるくことだけが眞の解決方法になるのだといふ自覺が先生の胸に來た。情感のふかい翳をもつた意志の表白が先生の作品の本質だ。この句は、實はその十年後大正十三年に突然のやうに成つたといふ。峠を越した記録が作品になるのではなく、峠に向つてあるくその意志が作品になるといふ消息を示すものではないか、と私は思ふ。

（『臼田亜浪先生』）

ここには重要な亜浪俳句のポイントが三つある。一つは、「情感のふかい翳をもつた意志の表白」が亜浪俳句の特徴という点。二つ目は、「この句は、実はその十年後大正十三年に突然のやうに成つた」という点。三つ目は、「峠を越した記録が作品になるのではなく、峠に向つてあるくその意志が作品になる」という点である。この辺りについて、もう少し考えてみたい。

特に着目すべきは二つ。一つは、「その十年後大正十三年に突然のやうに成つた」という点である。俳句といえば、写生であり、即興ともいわれるが、その感覚とはずいぶんかけ離れているように見える。だが、「突然のやうに成つた」というのは、ある意味即興であり、十年前の過去の自分への挨拶句のようなものでもあったということだ（蕪村の芭蕉への挨拶句と同じようなものと考えてもいい)。

そして、もう一つは、「峠を越した記録が作品になるのではなく、峠に向かつてあるくその意志が作品になる」ということである。渋温泉で病は癒えて、一つの危機を脱したわけだが、その時にはこの作品は出来なかった。すなわち「峠を越した記録が作品になるのではな」いのである。その後、ひたすら亜浪は一人の道を歩き続けた。俳句革新の道をである。もちろんそれはいまだ途上である。だが、その意志はいまこそ定まったのである。その思いこそが、十年を経て、この句に結実したのである。まさに、「峠に向つてあるくその意志が作品になる」のである。ここには非常に重要なことが隠されている。まずは「意志」が作品となるという点。従来の花鳥諷詠とはまったく異なる。そして「峠に向つてあるく」という過程、その姿勢が俳句になるという点である。亜浪にとっては、俳句とは生きることそのものに他ならなかった。生きる姿勢、さらには過程までも俳句にするという考えは、この時代にあっては新しいものであった。このことについては、今後検証していくことになる。

この句に続いて『亜浪句鈔』では、郭公の句が二句並んでいるので、参考までに示しておく。

馬が壁かく隣り住み憂し閑古鳥　(大十三)
流れ消ゆ雲かよ野路の閑古鳥

「馬が壁」を掻いて、うるさくて物憂いというのは、如何にも世の雑音に悩まされ続けてきた亜浪の本音だろうし、「流れ消ゆ雲」というのはまさに漂泊の思いそのものであろう。そのような意味でやはり連作と考えていい。

大正十三年の作品は、亜浪のこの時期を代表するような句がまだいくつかあるので、これ以降の句を見ていく。

空の深さしれぬ日暮れの秋の風　（大十三）
菊人形の面の白さを見返しぬ
かたまつて金魚の暮るる秋の雨
火鉢見つめてをれば夜の影うごくなり
篁を流るる水の冬の聲
野は寒しいのちをたもつ草の聲
人聲にはなれてありく街小春

最初の四句は、「暮るる」感じ、いわば「影」への思いが表現されているようだ。人間存在への強い思いが一方で影へ誘われ、その反面としての「面の白さ」への見返しではなかったか。後ろの三句はすべて「聲」に集約されている。ここでもまた、人間を突き詰めていくとまるで「聲」

だけにでもなってしまうと言いたげなのである。実体があって「聲」があるのか、はたまた、「聲」があって実体が伴うのか。そんな錯覚へと誘うような作品である。この「聲」への執着についても、今後考えていくことになるだろう。

大正十四年の俳句

ここからは、大正十四年へと入っていく。『亜浪句鈔』は、この年に刊行されており、この句集には十句が掲載されているのみである。だが、注目すべき句もある。例えば、

遠目白大空の日がまるう澄む　（大十四）

「まるう澄む」などという表現はなかなかに現代的で面白い。そして、次の句だ。

子が居ねば一日寒き畳なり　（大十四）

なんということもない句だが、家族愛を重んじる亜浪らしい句である。この句については、大野林火の解説があるので引用する。長い引用になるが、亜浪の生活も垣間見ることができて興味深い。

大正十四年作。かうした句は今日でこそ珍らしくないが、當時の俳壇を思へば、先生がひとり當時から俳句と生活を一枚にすることを念願してゐたのがよく分る。しかもこの句が今日尚ほ私達に迫つてくるのは、畢竟生活にふかく根ざしてゐるからに外ならない。――この疊には私もよく坐つた。この頃はまだ代々木山谷一七五番地にお住ひで、田山花袋の家がその並びにあつた。門には大きな櫻が一本植つてゐて、その落花の頃はさして廣からぬ庭はいはずもの《ママ》がな、道をも一面に白くしてゐた。

代々木で省線を下りた時は、幾曲りしたのち、その花袋の家の前を通り、道にまで大きく枝を張つてゐるその櫻を目指してゆく。くゞり門をくゞると、すぐ玄關になる。玄關は三疊だが、ところ狹きまで本が積まれてあつた。左がすぐ縁側になり、こちらから六疊、八疊と並んでゐる。先生はその六疊の間で、縁越しに庭の眺められるところに机を置かれて、大抵書見して居られた。揮毫のときや特別の客人の場合は八疊間を使はれるが、普段そちらは大抵きちんと片附けられてゐた。庭には、紫陽花、百合、紅蜀葵、芒、萩、蔦等がところ嫌はず生ひ茂つてゐる。思へば頗る雜然とした庭であつたが、それだけに野趣が深い庭であつた。

吹き入りし疊の木の葉暮れにけり　（大十五）

もこの疊である。俳句の話で意見が異ると、まづ諄々と說かれる。それでも自說を固持すれば最後に大喝一聲、「馬鹿」と呶鳴る。然しその後は颱風一過の青空のごとく、からりとして「どうだ。飯でも食ひに行かうか」等と誘はれる。峻嚴であると共にやさしい先生であつた。

（『臼田亜浪先生』）

豪放磊落といわれた亜浪が眼前に蘇るようではないか。

亜浪の第一句集『亜浪句鈔』には大正十四年の句は十句しか掲載されていない。しかし、第二句集『旅人』は、この年の句から始まっている。ここからは、句集『旅人』の句を引く。

青田貫く一本の道月照らす　（大十四）

この句など、まさに亜浪の心境そのものといえるだろう。いくつかの俳論によりいよいよ己の進むべき道の定まった亜浪には、もはや一本の道しか見えなかった。まさにそれこそが「青田貫く一本の道」に他ならない。青田はまだこれから育っていく稲であり、来るべき未来への希望とも繋がっていて、気持ちの乗った句といえるだろう。

次の句などは随分分かりやすく、亜浪の句も初期とくらべて変わってきていることがよく分かる。その辺りのことを大野林火が書いているので、引用する。

門の菊西日に人の澄みゆける　（大十四）

同年（大正十四年）作。平明清澄な句である。この平明な句風はこの夏の出雲旅行の頃から特に目立つてゐる。

夕凪や濱蜻蛉につつまれて　（大十四）
紅蜀葵宵弘法も近づきて
漕ぎ出でて遠き心や虫の聲
竹山の夜のひしめきや天の川

皆さうである。石楠創刊以來の些か強引な意力的表現の角がとれて、いはばそれだけに思ひが深くなつたのである。

伐り攻めて瘤柳なる青みけり　（大四）
山籠り夜霧の底の月も見つ　（大五）
鶚水を打つて夕立到りけり　（大六）

と比べて見るとその移りがよく分る。石楠創刊以來、俳句の革正を目指して、ホトトギス俳壇に常に諤々たる論説を放つてきた先生が、漸く石楠の大を爲すと共に、思ひが内に還つてきたのであらうか。
（『臼田亜浪先生』）

この出雲の旅というのは、大正十四年の七月から八月にかけて愛弟子である太田鴻村を伴ってのものであった。確かに、最初に挙げた「門の菊」の句などは随分と平明になってきた感がある。その要因は何かを少し考えてみたい。

一つには、愛弟子鴻村との旅であったことがあるだろう。その当時、まだ若き大学生（国学院）であった鴻村だが、その資質は紛れもなかったから、その若き才能に感化された部分もあったのだろう。さらには、この年に第一句集『亜浪句鈔』が刊行されたことも大きく関係しているように思われる。句集を纏めるということは、そこまでの自分の俳句を振り返るよい契機になるのは改めていうまでもないが、亜浪の場合には特にその影響が顕著であったようだ。ここまでたびたび引用してきたように、『亜浪句鈔』自序は亜浪の前半生を振り返る内容になっている。あのような序文は珍しく、自分自身の俳句を見直すきっかけになったことは間違いない。

林火のいうように、平明さゆえに思いが深くなってきたことはあるだろう。だが、大正初期の句が悪いということでもなく、亜浪らしさであった大景を詠う、ますらおぶりはやや薄くなっているようにも見える。だが、林火が二句目に挙げた、「夕凪」の句はこの時期の亜浪の代表句であり、解説しておく必要があるだろう。

夕凪や濱蜻蛉につつまれて

静かな夕凪のなか、「濱蜻蛉につつまれて」いるというのである。ある意味それだけである。だがその雰囲気、そして情景が目に見えるようだ。そして、その時の作者の穏やかな心境までも伝わってくる。実際にはどこまで涼やかな心境かは実は分からない。むしろ逆の場合さえあるだろう。だが、少なくとも今のこの瞬間、間違いなく心は穏やかだったに違いない。読む者にも、そんな思いを呼び起こすような俳句こそ、ある意味名句であり、末永く残されるべきものだろう。分かりやすい句ではあるが、以前からの雄大な感じ、悠々とした感性は紛れもなく存在しており、それこそが名句たる由縁なのだ。この句については、愛知県の渥美町郷土資料館が『臼田亜浪と江比間につらなる俳人』という冊子の中で詳しく解説しているので、そこから一部を抜粋して引用する。

江比間句碑公園（渥美町江比間）の中で一番高い処に独特の風格をもった文字の亜浪の句碑が鎮まっている。

夕凪や濱蜻蛉につつまれて

（中略）これは臼田亜浪（四十七歳）が大正十四年夏太田鴻村を伴って出雲路の旅の帰途、

海水亭に滞在した時の作で、昭和二年七月二十六日に建立除幕し、全国の亜浪句碑の第一号となったものである。（中略）

亜浪はその時のことを「石楠」誌上に次のように述懐している。

夕凪や濱蜻蛉につつまれて

八月二十二日（大正十四年）の夜である。名古屋の句会、出雲分院の広間の正面に据えられて、ほの暗い電燈をたよりに、私はその日の課題〝蜻蛉〟の句作に思ひをひそめていた。と、喚び起されてまざまざと浮びあがったのは、一週間に余る江比間生活の情景である。

海水亭の簀屋のまどいが…船着き場の一つ時の賑ひが…防波堤のあたりに飛ぶ鯔の光が…養魚場の鰻の乱舞が…照り霞む三河湾のあなたの島山…豊橋や江比間の人々の温かい心に抱かれてのその日その日が…お丶、蜻蛉が舞っている、飛んでいる。

遠浅の江比間の海は、初風の浪折れもなく、はるかの篠島をかすめて投げられた夕かげが、ひろやかな、平らかな汐路を辷って、素直に伸びた一帯の渚をひたひたとひたしている夕凪ぎの空である。その夕かげをみだしつつ蜻蛉が舞っている。飛んでいる。四、五はいの帰漁の舟がちょっと目先にからまっただけで、海空から浜空へかけて、もやもやと蜻蛉が舞っている。飛んでいる。私はふと其處に、その蜻蛉の群れに包まれている私自身を見出したのである。濱蜻蛉よ〳〵、それは江比間の人々であり、豊橋の人々であり、また名古屋の人々でもある。

（『臼田亜浪と江比間につらなる俳人』渥美町郷土資料館編集発行）

長い引用になったが、亜浪の第一句碑にもなっている代表句の形成過程が眼前に蘇る。そして、亜浪がいかに人々との繋がりを大切にしていたかも明白である。これこそがまさに「俳句道即人間道」の実践そのものであった。

8　亜浪俳句の新しさ

ここまで、亜浪の大正年間の俳句をみてきた。私は亜浪の俳句は三つの時期に分けられると考えている。

Ⅰ 初期「大正年間」
Ⅱ 中期「昭和ゼロ年代」
Ⅲ 後期「昭和十年以降」

というふうにである。この分類の仕方はそれほど特別なものではなく、亜浪の三つの句集『亜浪句鈔』（大十四）『旅人』（昭十二）『白道』（昭二十一）の発行時期と関連している。句集を出すことそのものが、一つの時期の終わりを示していた時代もあったのである。それがまたちょうど各年代の区切りともなっていた。

初期の時代である大正年間の俳句の解説にかなりの頁を費やしてきたのであるが、それには理由がある。「俳句」は老人文学などといわれがちであり、実際、著名作家も人生の終焉まで作句を続けるから、そう思われるのは当然かもしれない。事実、年齢の熟成をもって俳句が深まりを強めていくことはしばしばある。だが、著名作家でみてみると、必ずしもそうではなく、むしろ初期の句集にその作家の特徴が出ていることも多い。その点は、亜浪の場合もまったく同じだった。亜浪の世に知られた代表句のかなりのものは、すでに解説をしてきたはずである。その意味でも、第一句集、そして初期の俳句は重要であったため、ここまで丁寧に見てきたのである。いよいよ亜浪の大正期の俳句を総括する時期に来たようだ。ここからは、特に私の私見を述べたいと思う。

そこまで一般的には亜浪の代表句とはみなされていないが、私が特に取り上げたいと思っている句が次の句である。この句は、前節の大野林火の引用文中でも挙がっていたものの一つである。

漕ぎ出でて遠き心や虫の聲　（大十四）

やや分かりにくい句であるが、そこにこそこの句の存在価値があるといえるだろう。

この句についても、西垣脩が『臼田亜浪先生』の中で取り上げて解説を書いているので、まずはそれを引用しよう。

愛知縣江比間海上の作。八月二十四日夜、丁度舊暦の七夕にあたつてゐた。濱屋の其處此處から集つて來た門下の人々でにぎはつた。宵凪ぎの海に浮び出て、濱屋の燈火が螢にまがふ沖まで漕ぎ出たころ、艪を休めて舟をたゞよはせた。そのしづかなただよひの一刻、何處からか幽かに虫の聲がきこえて來た。闇い波の上を傳うて岸からとゞくのであらうか。それとも舟の底にすだくのだらうか。その穿鑿は無用だ。といふのは先生の詩心はまぎれなくその音色をきゝとめたのであつて、その一點から寂寥所への沒入がはじまる。詩の世界が私たちを引き、魂を宙へすくひあげる。思慮分別のないはろかな恍惚へともなひ去る。生の感情の底線にふれてひゞき出すおほきな孤獨感。つき放した表現の見事さである。今、江比間のしんとした海へ向いて、この句を彫つた碑が立てられてある。

この句もまた、江比間の、さらに海上の句であることは注目していいだろう。前章で取り上げた、亜浪の第一句碑ともなった次の句の作成日が八月二十二日となっていることから、ほぼ同時期に同じ場所でつくられた句ということになる。

夕凪や濱蜻蛉につつまれて　（大十四）

どちらの句も佳句であることは確かだが、その表現方法には格段の違いがある。どちらも亜浪らしい句ではある。だが「夕凪」の句では、「濱蜻蛉」に門下の人々を重ねているのに対して、「漕ぎ出でて」の句では、「遠き心」というような抽象的表現を用いながら、己自身の「心」の問題にまで言及しようとしているのである。大正末期の時代から、この「心」という言葉を用いる頻度が高くなっていることは以前にも書いた。が、いよいよそれが俳句的表現の核として起ち上がってくるのである。大正末期というこの時期に、俳句に「心」という言葉をここまで用いたことは特筆されていい。それ以降の他の作家の作品では、例えば、次のような句が思い出される。

灯を消すやこころ崖なす月の前　　加藤楸邨
炎天の遠き帆やわがこころの帆　　山口誓子

どちらの句も、両作家の代表句の一つといえる句であり、これ以前に「こころ」を用いた句がないなどというつもりもないのだが、代表的な句という意味で挙げてみた。

俳句のなかに「こころ」という言葉を使う以上、必然的に人間の内面を俳句で表現しようとする試みであることは容易に察しがつく。

楸邨にとって、「灯を消すや」の句が発表された昭和十四年は、山本健吉主導の座談会により「人間探求派」と称されるようになった記念すべき年であった。「難解派」という呼び名もよく分かるだろう。

一方で、誓子の「炎天の」の句は、終戦の昭和二十年という年の八月二十二日に作られているのである。まさに、終戦から七日目の作品なのである。誓子は、戦争末期においても、毎日、日付をつけて作句を続けたが、それにしてもその時の心境は平常心ではなかっただろう。その時の、複雑な胸の内をこのような形で俳句にしたためたといっていい。

いずれにしても、楸邨が「俳句における人間の探求」を明言して、人間探求派が世に広く認められるようになったのは、昭和十四年前後である。

鰯雲人に告ぐべきことならず　楸邨（昭十二）

一方、誓子が、「炎天の」の句のような俳句で人間の根源に迫ろうとした、いわゆる「根源俳句」を開始したのは、昭和二十年頃、まさに第二次大戦末期であった。

土手を外れ枯野の犬となりゆけり　誓子（昭二十）

それに対して、亜浪が人間の「こころ」を主題に俳句を詠んでいこうとしたのは、ここまで書いてきたように「大正十四年」であったのである。

この年代の差は歴然としている。大正十四年の頃には、楸邨はまだ俳句を始めてさえいなかった。誓子はといえば、誓子自身の言葉を借りて言えば「所謂伝統俳句と共にあった時期」であるという。誓子は、大正十五年より「新しい俳句の模索を開始した」というから、見方によっては亜浪の影響さえ感じさせる（『山口誓子集』朝日文庫）。

いずれにしても、この時期の亜浪俳句の先見性は紛れのないものであったといえるだろう。

「人間探求派」の思想

ここでは、亜浪の第Ⅰ期として規定した、初期俳句における亜浪の新しさを考えている。前節では句の中の「心」という言葉に注目して、その類似性から考察したわけだが、それだけでは当然十分な理由ではない。もう少し俳句論からも明確にしておく必要があるだろう。

まずは、楸邨の「人間探求派」の考え方を見てみよう。楸邨の俳論はそう単純ではないが、ここでは非常に的確にまとめられている三橋敏雄の文章から引用する。これは、「朝日文庫」（朝日新聞社刊）の「現代俳句の世界」の中の一冊である『加藤楸邨集』の解説文だが、名解釈として俳壇ではすでに知られている。長めの引用になるが、時代背景も含めて引用する。

昭和六年の「馬酔木」において口火を切ったとされる、俳句革新を標榜する新興俳句運動は、やがてまもなく超結社的かつ全国的規模に拡大し、昭和十年には最盛期に入った。その間、いわゆる連作俳句の理論と実作の進展に伴って派生した、無季俳句成立の是非をめぐり、新興俳句運動は、有季固守と無季推進との両派に大きく割れる。連作俳句は早くより主として水原秋櫻子あるいは山口誓子によって実践されたものであるが、楸邨の所属する「馬酔木」は有季固守の姿勢をつらぬく一方、他の無季推進派は、その後の新興俳句運動の主流を形成していくようになる。（中略）

そういうとき、新興無季俳句が出会った対象の一つに、当時における社会現象の最たるものとしての戦争がある。（中略）そこには明確な反戦、厭戦の意識を持たずとも、もとより戦意昂揚にくみさぬ被支配者の自然の感情として、より一層人間的な批判精神が次第に投影されていった。その結果、昭和十五年から翌昭和十六年にかけて、それらの新興俳句推進者および一部の自由律系の俳人に対し、数次にわたり国家権力による弾圧が下された。

同時期にあって、すでに楸邨は、「俳句研究」昭和十四年八月号所載の座談会「新しい俳句の課題」において、中村草田男・石田波郷・篠原梵と会し、互いに新興俳句の功罪を追求しつつ、みずからの作風をふくめ「四人共通の傾向をいへば『俳句に於ける人間の探求』といふこと」をみとめあっている。いわゆる「人間探求派」の起こりである。

臼田亜浪に関するここまでの話は大正末期のことであり、そこから楸邨の「人間探求派」の話へ飛んだことで、一気に十年以上もタイムスリップしてしまい、さらにその間の俳句界の状況を新興俳句運動を中心とした話のみで簡略化したことは、批判のそしりを免れないだろう。三橋敏雄の名文に対しても、勝手に穴だらけにして、辻褄の合わないようなところもある。だが、ここは大まかな俳壇の流れを再確認するためであり、了解願いたい。

以前に少し記した点でもあるのだが、時代背景的にも亜浪と楸邨は近いところがある。

楸邨は戦争という時代の渦に、亜浪は第一次世界大戦後の一時の好景気はあったものの、関東大震災以降の急激な不景気などの社会不安のなかにあった。そのような状況で、楸邨は新興俳句との対抗になるのだが、亜浪の場合にはすでに書いてきたように、新傾向俳句、さらには伝統俳句派との対抗軸のなかにあったわけである。

そして楸邨は、主宰誌「寒雷」を創刊するのであるが、その際の楸邨の言葉をさらに三橋敏雄の解説から引用する。


加藤楸邨主宰「寒雷」は、昭和十五年十月号をもって創刊されたのであった。楸邨による同号の巻頭言、「『寒雷』に就て」中に次のようなくだりが見える。「俳句の中に人間の生きることを第一に重んずる。生活の誠実を地盤としたところの俳句を求める」「現今の如き時代の雑誌は、かういふ時代にふさはしく、新しい人間の力を呼び起すやうなものでなくてはならぬと信ずる」。


ここでいう「現今の如き時代」とは、先の引用文にもあったような戦争の時代である。

ここに明言されている「人間の生きることを第一に重んずる」姿勢こそが、まさに「人間探求派」といえるのだろう。

そこで、臼田亜浪である。この辺りの主張は、実は、亜浪の主張とも重なる部分が多いのである。まずは、亜浪が「石楠」を創刊した大正四年三月の際の三つの標語の第一をもう一度思い出してみよう。

一、吾等は俳句を純正なる我が民族詩として、内的に新生活より生れ来る新生命を希求し、外的に自然の象徴たる季語と十七音の詩形とを肯定す。

亜浪は、大正四年にしてすでに「新生活より生れ来る新生命を希求」すると宣言しており、楸邨の言う「新しい人間の力を呼び起す」というところまで考えが及んでいるのである。そして、もう一つ、亜浪の主要論としての『俳句を求むる心』の中の結論部分を再度確認しておこう。

敢て曰ふ。私は俳句をたゞの一藝術としてのみ扱つてゐるものではない。私の俳句を求むる心は、道を求むる心である。即ちまことを求むる心である。〔傍点ママ〕

亜浪の「まこと」とは、あらゆる意味での「まこと」を包括しており、道徳や芸術も含めて「誠実」に生きることを強く意識していたことは、今までも再三書いてきた。これなどまさに楸邨のいう「生活の誠実を地盤としたところの俳句」と同じではないだろうか。

以上、亜浪と楸邨両氏の宣言文などから、その考えの類似点をいくつか示してみた。そこからも、如何に亜浪の考え方が新しかったか、革新的であったかが理解されたであろう。次節は、もう少しその考え方とともに実際の俳句による比較も含めて、亜浪俳句の新しさについてみていきたい。

亜浪と楸邨の作品比較

前節では、「人間探求派」としての加藤楸邨の考え方と亜浪の俳句理論との類似点について、考察してみた。そして、時代背景や「人間探求」と「俳句の道」「まこと」との間に類似性があるという命題を提起した。しかし、そこはそれであくまで理論上の話でしかない。実際に、俳句実作のうえでどのように反映されたかがやはり問題になるだろう。今回は、亜浪と楸邨の実作品の比較から検証を進めてみたい。

子が居ねば一日寒き疊なり　　亜浪（大十四）

子を呼べり冬雲の下に一日ゐし　　楸邨（昭十二頃）

亜浪の句はすでに取り上げたことがあり、初期の代表句の一つである。楸邨の句は、第一句集『寒雷』の「都塵抄七」所収のものである。「人間探求派」と明白に呼ばれるより少し前の作品である。ここで言えることは、二人とも子供への愛情が人一倍強かったことだ。そこは、「人間」を「探求」するにせよ「道」を求めるにせよ、同じことだったといえるだろう。人間にとって、親子関係ほど根幹的なものはない。

亜浪の句の方は、子供が一日居なかったために、畳も人気が少ないため一日寒いままだったというのである。一方、楸邨の句の方は、子供を呼んで、冬雲の下に（一緒に）一日中居たという。まったく逆の意味の句のようだが、実態としてはそれぞれの裏側を詠んでいる。楸邨は、一日子供と冬雲の下に居たとしかいっていないが、それだからこそ、一緒に居られた歓びが感じられる。一方で亜浪の句は、子供が居なくて畳が寒いというのは、心が寂しいということに他ならず、子供さえ居れば、心までも暖かく嬉しいということなのである。このような、生活に根ざした誠実な俳句こそが、亜浪や楸邨の一つの理想郷だったのである。その意味でも、この句の類似性はある種当然ではあるが、非常に重要なポイントだろう。当り前のように子供のことを詠んでいる点が重要であり、その類似点は強く記憶されていい。特に大正期においては、そのような生活に根差した俳句というのは、まだまだ珍しかったのである。

今日も暮るる吹雪の底の大日輪　亜浪（大十三）

冬の霧言触れず來て灯りぬ　楸邨（昭十三頃）

亜浪の句は、すでに取り上げたことがある初期の代表句である。楸邨の句は、第一句集『寒雷』の「都塵抄二十二」所収のものである。ちょうど「人間探求派」と呼ばれた頃の作品といえる。亜浪のこの句については、第七章において亜浪自身の自句自解といえる文章を引用した。それによれば夕日の沈んでいく荘厳さに打たれての句であった。だが亜浪の本心はそれだけではないと思える。吹雪の底にあっても消えぬ希望の光。そんなものをこの句からは感じるのである。一方、楸邨の句である。冬の霧が言触れもなくやってきて、知らず知らずのうちに灯が灯ったというのである。この句もまた自然の景を詠んだだけのようにも見える。しかし楸邨がそれだけということはありえない。この句においても、暗い時代の中でなにか少しでも希望を見出したいという思いが「灯りぬ」に強く現われている。その辺りの思いの丈を、亜浪は上五の字余りに、一方で楸邨は下五の字足らずに敢えて託しているように思える。その手法までもよく似ているから不思議といえば不思議である。そんな思いの俳句へのぶつけ方まで似ていたとすれば、一層注目すべき点ということになるだろう。

霧よ包め包めひとりは淋しきぞ　　亜浪（大十一）
霧の底何か言ひたくあるひは立ち　　楸邨（昭十四）

亜浪の句は、やはりすでに取り上げた初期の代表句である。楸邨の句は、第二句集『颱風眼』

の「明暗抄十三」所収のもので、「人間探求派」と呼ばれた頃の作品である。

亜浪のこの句については、第七章において亜浪自身の文章とともに解説した。高野山の奥の院での作であり、気高い大杉とともに、芭蕉の句碑を訪ねたとき、そこに芭蕉の影を見たというのである。そのくだりの文章を引用する。

おお、芭蕉の句碑が
父母のしきりにこひしといふ芭蕉の句碑が寒むさうに。霧雫が面となく肩となくぽたりぽたりと滴れてゐる（中略）。

頭がうつろになつた、胸がいつぱいになつた。杉も、墓も、霧も、芭蕉の句碑も、ありとあらゆるものが、一つになつてゆらいでゐる。

おお。芭蕉だ、芭蕉だ。

芭蕉がしよぼしよぼと歩いてゐる。霧雨に濡れそぼつた袖を合せて、杉間の墓かげをしよぼしよぼと歩いてゐる。

君もない、父もない、母もない、子もない芭蕉がひとりでしよぼしよぼと歩いてゐる。

もう、慾といふ慾はない芭蕉。

それでも、いろいろな慾のある芭蕉。

……父が戀しくなつたのだ、母が戀しくなつたのだ……。

芭蕉の頬には涙が流れた。

（『道としての俳句』）

この後に、第七章で掲載した短詩と亜浪のこの句が続くのである。このような句の背景を見てくると、思いがより鮮明に理解できる。芭蕉は常に孤独であり、確かに「淋し」いだろう。だが、それ以上に、言いたいことが胸に秘められていたことが痛感される。孤独で淋しいということは、言いたいことを伝えることも出来ないということであり、そこが楸邨の句の「何か言ひたくあるひは立ち」と通底しているように思える。かなり独断的な解釈であるとは思うが、どうしてもそのような感じを拭えないのはなぜか。それは、亜浪も楸邨もいつも人間とは何か、人間生活とは何か、生きるとは何かを念頭に置いて、俳句を作り続けていたためと思われる。そこに二人の俳人の魅力があり、共通項が存在するわけである。もちろん、俳句は芸事であり、芸術であるとすれば、そんな生活感や生き方とは関係なく、芸術として存在すべきだという芸術至上主義的な考え方も当然ある。そして、その考え方も全く否定できないし、尊重されるべき論であるといえる。だが、やはり、人間として生きる以上、生き方も含めた俳句の道というものもあっていいのではないか。そこをまずは突き詰めたのが、この二人の俳人ではないかと思うのである（楸邨はさらにその道を徹底的に追求したとでもいうべきであろう）。

臼田亜浪と山口誓子

ここでは、もう一人の注目すべき俳人として、山口誓子と亜浪の俳句との関係について考察してみたい。
山口誓子が、現代俳句における一大巨匠であることはいまさらいうまでもない。ほとんど解説を要しない俳人であるともいえるだろう。だが、ここは敢えて少しばかり復習の意味も込めて確認しておこう。朝日文庫『山口誓子』の三橋敏雄の解説から引用する。

（誓子は）芸術は単なる実在の再現ではなく、実在に内在する価値の表現でなければならぬ、とする観点から、おそくとも昭和六年（一九三一）のはじめころには、いわゆる「写生構成」の方法を導き出している。「写生」によって得た現実の素材に「構成」という知的操作を加えることによって、一つの「世界を創造」し、これを表現に移すというわけである。

この有名な手法は、誓子俳句の根本にあり、これにより誓子は新しい俳句の道、いわば現代俳句の先陣をきったのである。
だが、亜浪俳句と比較をしたいのは、この点ではない。この辺りの影響についてもお互いに受けているように思われるが、今回の論点ではないので別の機会に譲る。亜浪との関係で触れたいのは、もっと後に行われた第二次大戦直後の第二芸術論に対抗するものとしての「根源俳句」の活動である。

「根源俳句」については、永田耕衣の著名句とともにそれに対する山本健吉の文章を引いておく。簡潔、的確で分かり易い。

恋猫の恋する猫で押し通す　耕衣

ここ一、二年来毀誉褒貶《きよほうへん》の的になっている耕衣の根原俳句の見本として示した。私は根原俳句の理論そのものにはほとんど興味もないし、いまさら東洋哲学の「絶対無」のお説教など聞かされるのは真っ平である。要するに存在の根原（生命の根源）を追求する「根原精神」によって貫かれた句であり、素材的には一元俳句の方向を取るほうへ傾くと思っていれば、だいたいたい間違いなかろう。（『現代俳句』）

「根源俳句」（山本健吉は「根原俳句」と表記）とは、だいたいここに示されたような定義の句ということになる。第二芸術論に対抗するべく、誓子、平畑静塔、西東三鬼らによって提唱され推進されたものだが、大方の見方は、山本健吉に近いものであって、批判的である。だが、山本健吉がこの文章のさらに先でいっているように、「決意としての根原精神は、およそ偉大な芸術は生命の源泉に触れているのであってみれば、反対するいわれもないし、したがってスローガンとして掲げる意味もなくなってしまう」というのは、必ずしも当たっていないのではないかと思う。

問題は、「およそ偉大な芸術は生命の源泉に触れている」という点ではなく、「したがってスローガンとして掲げる意味もなくなってしまう」という点にある。あたりまえのことをスローガンとして掲げる意味がないとすると、かなりの俳句のスローガンなどは不要になってしまうのではないか。子規の「写生」なども、当然といえば当然であって、そこを敢えてスローガンとしたことに意味があるわけである。確かに、実作としての「根源俳句」は、最後は堂々巡りの言葉遊びに収束してしまった感もあるが、一つの俳句的試みとしては、必ずしも否定すべきものではないように思える。いずれにしても、短い期間にしろ、俳壇である意味物議を醸したことは確かであり、それだけでも意味がなかったことはないのではないか。そして、この「生命の源泉に触れている」ことこそが重要なのである。

そこで、臼田亜浪である。亜浪の著書『道としての俳句』に「自然の心」という短文が掲載されている。それをここに引用する。

自然を見つめるといふことは、一木一草の菁々たり亭々たる象をのみ見るのではない。その象を透して、その心、そのいのちに触れることをいふのである。いひ換へれば對象と我れとが間髪をも容れず直面した刹那の微妙なる心のはたらきを指すのであり、其處には概念もなく理知もない。ただ靈なる超絶我の眞聲を聽くのみである。

かくして初めて「まこと」が心會されよう。

どちらかというと考え方の問題にもなるが、スローガンとして強く訴えかけることは、それだけでもその主張を印象づける意味がある。山本健吉のいうように「決意としての根原精神は（中略）生命の源泉に触れている」のであり、この精神は亜浪が『道としての俳句』で書いている次の言葉とほぼ合致するのではないかと思われる。

自然を見つめるといふことは（中略）その象を透して、その心、そのいのちに触れることをいふのである。

実際には、これらの内容は亜浪の代表的俳論として、すでに詳しく解説した『俳句を求むる心』の中で早くに提示されていたものである。その時期は大正十二年、亜浪四十四歳の時であった。誓子らが「根源俳句」を提唱したのは、第二次大戦前後のことであり、その時代の差を考えると亜浪の先見性には驚愕するだろう。もちろん、亜浪の考えには、静塔や耕衣のような明確な俳句理論があったわけではないし、多くの賛同者を得られたわけでもない。だが、いやむしろそのような孤立した中でも、己の俳句道をひたすら信じたその精神に感動するのである。

亜浪と誓子の俳句比較①

ここでは、実作品から具体的に亜浪と誓子俳句の関連性について論じていきたい。最初に挙げた次の句の類似性もまた形態だけにとらわれることなく、様々な角度から論じられるべきであり、まずはその辺りから始めたいと思う。

漕ぎ出でて遠き心や虫の聲　亜浪
炎天の遠き帆やわがこころの帆　誓子

この二つの句は、制作年代は二十年ほども離れているのだが、まるで呼応し合っているかのようにに思えないだろうか。俳句の力を存分に引き出そうと挑戦し続けた二人の姿が見えるようだ。「漕ぎ出でて」の句は、すでに詳しく説明しているように、大正十四年八月二十四日夜、愛知県渥美半島の江比間海上での作である。

一方、誓子の「炎天」の句は、終戦の年昭和二十年八月二十二日という終戦直後に詠まれている。どちらの制作時期も、一時代が終焉を迎えた時期といういわば終末の頃というのもまた驚くべきことである。

さらに重要な類似点がいくつかあることを見落としてはならない。どちらの句も、海の上または海の近くから海を眺めての句であることだ。そこが一つのポイントである。海は生命の源であり、そこは、人間誰にとってもまさに「根源」的な意味での出発点のようなところだからである。そのような意味で、この二句が同時期に作られたかのような錯覚に陥ったとしても、それほど不自然ではない。

西垣脩は、『臼田亜浪先生』のなかで、亜浪のこの句について「ただよひの一刻、何處からか幽かに虫の聲がきこえて來た」といい、その声が船上のものか岸からのものかと問うたうえで、「その穿鑿は無用だ」と断言する。亜浪の詩心が音色を聞きとめた以上、そんな些事に関わりなく、「詩の世界が私たちを引き、魂を宙へすくひあげる。思慮分別のないはろかな恍惚へともなひ去る。生の感情の底線にふれてひゞき出すおほきな孤獨感。つき放した表現の見事さである」と讃嘆している。

見事な解釈である。だが、私にはさらに一歩進めて、いま「虫の聲」が船上でなど聞こえていなくてもいいのではとさえ思える。遠く海上へ漕ぎ出でて、岸を思ったとき、亜浪は、まるで「虫の聲」とともに、自分の心までも海の向こうへ置いてきてしまったような思いに駆られたのではなかったか。それこそが、西垣脩が見出した「生の感情の底線にふれてひゞき出すおほきな孤獨」なのではないか。「虫の聲」といいながらも、やはり亜浪にとっては「人間のこころ」、いわば孤独な感情の吐露こそがすべてだったのである。

一方、誓子の「炎天」の句は何をいわんとしているのだろうか。いっていることは誓子にしては至極単純であり、炎天に広がっているいくつかの帆をみていると、それらすべてが「わがこころの帆」のように思えるというのである。この句が、終戦の日からたったの七日目に作られた作品であることは忘れてはならないことだ。すべての人間が、よほどの進歩主義者か金持ちでもないかぎり、ぎりぎりの生活をしていたこの時代の暗い雰囲気が大いに関わっているのである。いままでの自分の価値観が根底から覆された挫折感、すべてが失われた喪失感。言い換えれば、極限を超えた悲哀もまた、このように人の魂（心）を揺さぶるのだ。

「わがこころの帆」と誓子が詠んでいるであろう帆の数はいったいいくつぐらいあるのだろう。すべてがまた一から始まるであろう新しい時代の幕開けのなかで（良しにつけ悪しきにつけ）、海上に広がる多くの「わがこころの帆」の中のたった一つでもいい、それに、こころから縋ることすらも出来なかった。そんな時代であったはずである。だが、だからこそ、一本だけでもいい、何かに縋りたいという思いと、そんな暗い世相の中でも、どこかに希望の光が見出せるのではないかという希望、あるいは、そんな希望を信じたいという強い願いが感じられるのである。

先走って、私の率直な句への思いを書いてしまったが、この著名句にはいくつもの解説がある。そこは承知で、敢えて先に私見を述べさせていただいたのである。この句については、山本健吉の解釈があるので引用する。

この句は「遠き帆」といい、「こころの帆」という稚拙な言葉を使ったところ、かえって効果を強めている。誓子の近作は、感覚的に乾いてきて逆に心の潤いが出てきたという感じがする。昔は感覚が鋭いわりに心のほうが乾いていた。この句も「炎天」「遠き帆」「こころの帆」などという言葉は、一つ一つ取り出してみると乾燥している。それなのに、この一句がもたらす不思議な感銘は、どこから来るのだろうか。「何処も彼処も乾き切った赤裸だ。僕は山の裏側に着いた、自分の望みの果てに、その向こうに」（サント・ブウヴ「わが毒」）。私はこのような心境に似たものを誓子に想像する。長い病床に横たわる作者は、今や自分の望みの向こう側にあって、乾いた言葉で身を噛むような寂寥《せきりょう》とも悔恨ともつかぬつぶやきをつぶやく──「わがこころの帆」と。炎天の海の一つぽつりと浮かぶ遠い小さい帆前船が、彼の孤独の心の寄りすがり処となって、胸中に一点牧歌的な赤い灯をともすのだ。それはまた彼の静かな老境（?・）の心の奥底に見出した青春時代への悔恨でもあり、何か不思議な底知れぬ孤独の寂寥感を、この一見稚拙な表現の中から汲《く》みだすことができるのである。

（『現代俳句』）

山本健吉は、「炎天の海の一つぽつりと浮かぶ帆前船」といっている。また、誓子の自句自解には、「炎天のその日も、私は浜に出て、沖を見た。白帆が遠いところに見えた」と書かれており（『自選自解　山口誓子句集』）、複数の帆を見たという記述は一つもないから、私が先に記したような、複数の帆前船を誓子が見たというのは、どうも独りよがりの解釈だったようである。だが、それこそその程度のことは些事であって、もっと本質を見ていくべきだろう。誓子のこの句は、一元的とはいえ、「根源俳句」とはいえないが、そのこともまたここまで来ると基本的な問題ではなくなってくる。要は、亜浪と誓子の心のありようの問題なのだ。両者ともに、孤独と寂寥感に包まれて、同じような雰囲気の俳句を作っていた。ただその一点だけでも、注目すべきことに違いない。二十年以上もの時を隔てて、ある意味俳人同士の魂の交換が行われたのではないか。あの芭蕉と蕪村のように（尾形仂『芭蕉・蕪村』）。そんな夢のような連帯感こそが、この二句の間には横たわっていたのではなかったか。

亜浪と誓子の俳句比較②

ここまで亜浪の大正年間の俳句（第Ⅰ期）、いわゆる初期俳句における亜浪の新しさを考えてきた。前節では、現代俳句の先駆者ともいうべき山口誓子と亜浪の俳句の類似点について検証を試みた。そこでは、誓子が戦前から戦後にかけて唱導した「根源俳句」と、亜浪の代表的俳論である「俳句を求むる心」すなわち「まこと」の精神の間には、繋がるものがあるという私見の検証を試みた。

だが、あくまでも前節ではたった一組の俳句について議論したのみであった。この章の最後に、少し時代は前になるが、いくつかの俳句を比較し、二人の俳人の繋がりをより明確にしていきたい。

雪おろし子の聲々の走りゆく　亜浪

土堤を外れ枯野の犬となりゆけり　誓子

「雪おろし」の句は、五章ですでに解説した大正十三年年初に出立した「北門雪中の旅」での作である。この旅は、一月ほぼいっぱいをかけて、北海道さらには東北を旅したものである。句集の流れからみるに、おそらくは「倶知安」での作であろう。一方、誓子の「土堤を外れ」の句は、終戦まぎわの昭和二十年二月二十四日に詠まれたもので、誓子の「根源俳句」の代表作として喧伝されている。

この二句のどこに類似点があるのか、いぶかる向きの方もあるだろう。その解説のために、まずは、誓子の句の解釈から始める。今回もまた定評のある山本健吉の解釈を引用しよう。

この句では、土堤を小走りに歩いていた犬が、自然に外れるようにして枯れ野のほうへ行ってしまったという何でもない風景を、「土堤の犬」から「枯れ野の犬」に変貌したというように、概念規定の転化として捕えているのだ。「外れ」というのだから、突然方向を転じたというのでなく、自然に斜めに外れて行ったのである。それがある地点において、走っている犬の概念転換として作者に認識されたのである。知巧的な興味であり、このような傾向がその後いわゆる根原俳句の一部に流行したのである。たとえば永田耕衣の「もう種でなくまつさをに貝割菜」「恋猫の恋する猫で押し通す」「行けど行けど一頭の牛に異らず」

のごときである。　　　　　（『現代俳句』）

誓子の句の解釈はこれ以上のものはないだろう。「根源俳句」とは、もともとはものごとの本質を追求するという意味であったのだが、それが知らず知らずいつの間にか概念化し、山本の示したような概念の転換、いわば言葉遊びのような景を呈するようになったのである。その問題点はしばらくおくとして、亜浪の句をどうみるかである。

「雪おろし」をしている最中、「子の聲々」がただ「走り」去って行ったのだとしたら、「聲」だけがただ走って行ったというところにいくぶんかの根源性、言い換えれば知的興味は湧くだろうが、それほど面白いともいえないし、とても根源的とまではいえないだろう。私は、敢えて少し極端ながら、次のような読みを試みたのである。

すなわち、「雪おろし」をしていた子供たちが、夕方になって各々家路をたどるために「走りゆく」姿に自然に転化したというふうにである。これは通常の解釈では無理があることは承知のうえでいっているのである。「雪おろし」で切れる感じからは、最初の解釈のほうが自然であることはいうまでもない。だが、このような解釈も不可能ということにはならないだろう。いくばくかの無理はあるにしても。そう考えると、非常に根源的で誓子の句と似てくるのである。「雪おろし」の子から、「走りゆく」子への概念規定の転化として捉えられるのではないかと考えたのである。

さらに、別の句を見てみよう。

夜の町のとある暗がりきりぎりす　亜浪
一湾の潮しづもるきりぎりす　誓子

「夜の町」の句は先の句と同様、大正十三年の句である。一方、誓子の「一湾」の句は、さらに時代を下って、昭和二十四年八月の句である。ここで挙げた句なども、どこがどう同じなのかと問題になるであろう。ここでもまた、誓子の句の分析を先にやっておく必要がある。この句よりもかなり前になるが、誓子には次のような句があることを認識しておくことが重要になる。

夜はさらに蟋蟀の溝黒くなる　誓子（昭十五）

この句は、山本健吉の呼称をそのまま用いれば、いわゆる「慄然俳句」の範疇に入るという。まさに句を読むだけで、ぞっとする（慄然とする）ような雰囲気の句を指すわけだが、そんな時代を経て、昭和二十四年の誓子の「きりぎりす」の句があると考えれば、このきりぎりすにも、当然暗黒の闇が隠れていることを察知することが出来る。「一湾の潮」からほどなきところには、やはり「夜の町」があり、そこには「暗がり」もあるだろう。そのような意味で、この二句は実は非常に近い雰囲気を醸し出しているわけである。しかし、それがまた二十年以上の時を隔てて打ち立てられた俳句同士の、響きあいのようにも感じるのである。その辺りの詩心と詩心の交流もまた美しい。

涼しさや樹に倚る影の夜の水　亜浪

水枕中を寒柝うち通る　誓子

「涼しさや」の句は、同じく大正十三年の作であり、一方で、「水枕」の句は、昭和二十三年の作である。どちらの句も、自ずと自分自身の中にまで浸透してくる感じを実感することが出来るのではないか。「樹」に「影」が「倚」りそってくる感じ。「水枕」の中にまで「寒柝」が染み渡ってくる感じ。どちらも、その「浸透力」こそが魅力であり、力である。そんな俳句の力を引き出そうとし、物事の根源まで迫ろうとしたのが、この二人の俳人であり、時代の差はあるにせよ、その思いは同じであり、尊いものであったということが明らかになったと思われる。

9 「石楠」成長期①（昭和ゼロ年代前半）

ここまで亜浪の大正年間の俳句（第Ⅰ期）、いわゆる初期俳句における亜浪の新しさを考えてきた。そこでは、山口誓子や加藤楸邨と亜浪俳句の関係について検証を試み、亜浪の先見性を明らかにしてきた。

ここからは、昭和初期（いわゆるゼロ年代）の俳句（第Ⅱ期と私は考えているが）、呼び方としては、「成長期」とでもいうべき時代の亜浪俳句を見ていくことにしよう。

この時期の俳句は、亜浪の第二句集『旅人』に収められており、この句集を中心に見ていく。句集『旅人』は、昭和十二年に刊行されており、大正十四年から昭和十一年の句業が主に採録されていることから、まさに昭和初期の句業と重なるわけである。ただし、これまでの話の中で、誓子や楸邨俳句との比較のなかですでに『旅人』から引用した句もいくつかある。それらの句の解説は極力省きつつ、それ以外の句を軸に亜浪俳句の「成長」度をみていくことになる。

一つの謎

ただ、その前に一つだけ気になることがあるので、そのことについて少しだけ触れておきたいと思う。それは、次のような事実である。

亜浪の記念すべき第一句碑にもなっている句「夕凪や濱蜻蛉につつまれて」（『旅人』所収）が、昭和二十四年に刊行された『定本亜浪句集』の「旅人」編には掲載されていないという事実である。掲載されていないというと実は嘘になるが、事実をより正確に述べるならば、採録はされているが、巻末の「亜浪句碑」という別枠の章にのみ掲載されているのである。

いくつかの句集を「定本」（決定版）という形にまとめるにあたっては、その後の俳句観の変化によって句に修正を加えたり、場合によっては句そのものが削除される場合もありうる。この句の場合には削除されたわけではなく、わざわざ巻末に「亜浪句碑」という小さな章までも用意してそこに掲載されたのだから、なんら問題にすることはないともいえる。だが、この句（というか句集）の場合には特殊な事情もあり、その辺りも含めて、少し思うところを書きたい。

気になる点の一つが、この『定本亜浪句集』は各章ごとに、異なる弟子たちが選句したものだということである。これに関して、このやや珍しい試みをおこなった『定本亜浪句集』の「あとがき」の最初の部分を引用しておく。そこから見えてくるものがあると思うからである。

自分達の先生が五十年といふ長い年月をかけて得られた非常に澤山の數の作品中から、幾人かの弟子達が自由に選ぶことを先生からゆるされて出來上つた定本句集なるものが、かつて存在したかどうかはわからないが、とにかくこの定本亞浪句集は弟子達によって選ばれて出來上つたものである。

すなはち、句集「亞浪句鈔」（草門）は巨湫と鐘一路で、「旅人」は林火と梵と繪馬とで、「白道」は種茅と菁々と彷徨子とで、それからまだ句集になってゐない「寂光」のところは種茅と鐘一路で豫選を擔當した。これらの弟子達によつて豫選されたもの丶中から、種茅と鐘一路の二人でこの集にあつめた數だけを最後に選びあげて、この一巻としたものである。出來上つた上で先生にひと通り眼を通していただいたら、先生として是非入れて置きたいといふ句が出て來た。もちろんこれは入れることにした。しかし、その句數は十五、六に過ぎない。同時に削つてほしいといふ句も出て來たのでこれは削ることにした。しかし、その數は四句ほどであつた。

（原田種茅ら著）

弟子たちが、師の定本句集の選をするというのは、特に師の逝去後などであればそれほど珍しいことではない。それでも、この当時はまだ珍しかったようだ。現在でも、生前で主宰を務めている時期ではあまりそういう例はないように思われる。ただ、亜浪は、本句集上梓二年後の昭和二十六年には亡くなっており、昭和二十三年の石楠社創立三十五周年記念大会が公式行事への最後の出席であったことを考えると、この時期にはすでに心身ともにかなり衰弱していたことが想像される。よって、弟子たちに選句を任せるしかなかった面は確かにあるだろうが、ただそれだけではないように思える。

話が当初の目的からはずれてしまった。もともとここでの問題提起は、なぜ亜浪の第一句碑の句が、「旅人」の章の中にないかということであったが、その要因は、おそらくは、ここで挙げた、弟子達による共同選（しかも章ごと）によると推測される。章ごとの選句となると、どうしても、亜浪の俳句人生全体を一貫するものをという意識は少なくなるであろう。そのような状況で、亜浪の功績を第一に顕彰しようとすれば、今回のように、敢えて句碑の句は別枠として、明らかに示すほうが効果的と考えるのは、分からないでもないからである。

だが、実際に、もし亜浪の俳句を初めてみる読者がいたとして、それが『定本亜浪句集』であったとしたら、句碑が最後に掲載されていて、その数には驚かされるにしても、句集を最初から読み始めた時に、句碑になるほどの重要な句がその途中で抜けていたとすれば、いかにも「歯抜け」の感は免れないのではないか。細かいことであり、敢えていうほどのことではないかもしれないが、その辺りのことに、全体を総括していた種茅と鐘一路は気づかなかったのだろうか。師を思っての編集だったに違いないが、その点がどうしても気になってしまう。だが、前書きにもあるように、最後には亜浪自身も目を通している。亜浪はどう思っていたのだろうか。ここで亜浪自身の句集前書きより、その真意を汲み取ることにしよう。

この集を手にして

一歩出づれば旅人である――と思ひ定めて、荒草離々たる俳句の島を懸命に拓き成し、ほつとして和らぎの日光げを浴びながら、心に希つた古稀のよろこびを迎へた時、ひたすら力をそへた老妻はすでに世に亡かつた。私はこの集を手にして、眞に悲喜こもごも到るの感が深い。ああ、私はどこまでも旅人であつたのだ。

更にこの集を一閲して思ふことは、よく私を知る人々の心を協せてえらび上げたものとして、多くいふところがないとはいへ、私には私の境涯があり、個我がある。たまたま削りたいもの、また加へたいもののないではないが、ひそかに省みて、私はすべてをそれらの人々の勞苦に任せて置いた。これもまた旅人の心である。

昭和二十四年一月

石楠書屋主人

亜浪は、おそらくこの句集の問題点には気づいていただろう。だが、そんなことはもうどうでもよかった。ただ、弟子達を信じた。弟子達の未来に懸けたかったのだ。

「成長期」直前の亜浪俳句

この時期の俳句は、亜浪の第二句集『旅人』（昭和十二年）に収められた俳句が中心になる。ただ、前節では句集『旅人』と、昭和二十四年に刊行された『定本亜浪句集』との間の微妙な違いについて、やや閑話休題的に話を進めたので、ここからが本当の意味での『旅人』鑑賞となる。それでも、最初は大正十四年の続き（第一句集である『亜浪句鈔』が大正十四年初頭で終わっているため）からである。よって、実際には「成長期」直前ということになる。

大正十四年のいわば中盤以降の句としては、すでに示したように佳句が輩出した「山陰より東海へ二拾二句」が主な句群である。そこから、いままでまだ挙げていない句をいくつか見てみよう。

宮津にて、二句

窓さきさな返し夕立の冷えそそる　（大十四）

門に呼ぶ遊女はかなし夏の宵

宍道湖畔にて

水鶏啼く夜の白凪に打たれけり

出雲錦海舟中、四句（より一句）

島ゆ島へ渡る夜涼の戀もあらむ

「宮津にて」の二句、古典情緒までも醸し出すようでなかなかに面白い。「窓ささな」などという行為はもう現在ではお目にかかることもほとんどない。「門に呼ぶ遊女」の句などはまるで芭蕉のようだ。

一家に遊女も寝たり萩と月　芭蕉

いうまでもなく、『奥の細道』での市振の遊女らとの絡みから生まれた句である。亜浪にこの句の記憶がなかったということは考えられないから、おそらくは芭蕉を追慕しての句であろう。市振と宮津では、ずいぶんと距離はあるが、同じ日本海であることは確かであり、そこからの本歌取りとまではいかないが、確実に芭蕉を想起させる。後でも解説するが、亜浪はやはり芭蕉派であり、蕪村派ではなかったと思われる。だが、それでも蕪村も単純な写生派とは見ていなかった節もあり、次の蕪村の句との関連性も思わせる。

若竹やはしもとの遊女ありやなし　蕪村

この蕪村の句自体が、在原業平の和歌の文句取りといわれており（『名歌名句辞典』）、なかなかに微妙だが、望郷の句でもあることから、まんざら亜浪の句との関連も否定できないだろう。やや、話が飛んだが、いにしえの俳人への思いも亜浪の心中には常に存在していた。「水鶏啼く」の句などもまったく同じで、この時期の亜浪の芭蕉への傾倒具合がよく分かる。

水鶏啼くと人の言へばや佐屋泊り　　芭蕉

海暮れて鴨の声ほのかにしろし

今回の亜浪の句は、この二句が微妙に合体したような感触がある。しかも、芭蕉の「水鶏」の句は晩年の句であるのに対して、「海暮れて」の句は初期の句であることは注目していいだろう。亜浪にとっては、芭蕉はやはり一つの目標であり、いつも頭の中にはあったのではないか。それが、芭蕉の晩年の完成された境地のみならず、初期の句の面白さをも取り入れることで、ある意味芭蕉への挨拶句でもあったのだろう。亜浪といえば、「まこと」であり、「まこと」の最初の発案者は鬼貫であるから、鬼貫への信奉は当然であろうが、鬼貫に続く芭蕉への思いも殊のほか強い。芭蕉への思いといえば、いくつも亜浪の文を挙げることができる。例えば、代表的俳論である『俳句を求むる心』に次のような鬼貫との比較を試みた一節がある。

鬼貫が「まこと」を其の標語としてゐたのに對し、芭蕉は「さび」を其の標語としてゐたのであるが、其の生活、其の行逕に觀て、唯だ彼れは明るく輕く、此れは暗らく重く味はるゝに過ぎない。それは鬼貫は鬼貫としての「個我」があり、芭蕉は芭蕉としての「個我」がある當然の理數である。兩者の觀るところ稽うるところを深く突き入つて考へ合はすれば、達人の心、また二にして一ともいふべきであらう。道は素より一つである。

芭蕉自身もまた、「俳諧の誠」という表現を使っていることは周知の事実であり、それぞれの個性に応じて、それは明るい景色でもって表現されるか、あるいはまた、薄暗い雰囲気の世界として描かれるかの違いだけだというのである。

この文章はさらに後半部、まさに『俳句を求むる心』の最後の結論に至る部分に続いていく。そこを引用しておこう。

（鬼貫が）「修行なき人の器用一ぺんにて、及ぶべき事にもあらず、又智恵才覺もて至るべき道にもあらじ」と、藝術が詩が、殊に俳句が小手先きの器用や小利巧の取りなしによつてその堂奥に至り得べきものではなく、「臨終の夕べまで」まことに依り立ち、まことをこめて不斷の努力を續くべきことを説いてゐるが如き、「心と詞とよく應じたらん句をこそ」といつては、まことの現はれたる內容と其の表現との一致を論じてゐるが如き、「鶯はうぐひす、蛙はかはずと聞ゆるこそ、おのれおのれが歌なるべけれ」、「天性ひとりびとりが、得たる風儀をこそ用ゐまほしけれ」と、まことの現はれたる眞實、そのひとりびとりの個性の躍動をもとめてゐるが如き、「修し得てまことの道を行きけん人の句は、幾とせ經るとも、新古の差別はあらじ」と、芭蕉の所謂千載不易の眞諦を道破してゐるが如き、まことの藝術的意義に就いて、彼は爾かく深遠透徹の見を持してゐたのである。「寂」といひ「栞」といひ「響き」といひ「幽玄」といひ「造化にしたがひ、造化にかへれ」といつた芭蕉の言葉と併せ味ふ時、大道弘通、一技徹底、流石に達人の至言たることを思はざるを得ない。〔傍点ママ〕

「まこと」を最初に提唱した鬼貫だけでなく、いかに亜浪が芭蕉にも傾倒していたかがよく分かるだろう。ある意味、「まこと」の継承者とでもいうべき芭蕉であったし、芭蕉の精神性の高さこそが、「俳句道即人間道」へと繋がっていったであろうことが想像されるのである。

大正期最後の俳句

この時期の俳句は、亜浪の第二句集『旅人』に収められた俳句が中心になるが一部大正末期の句が残っている。

大正十四年のいわば中盤以降の句としては、前節ですでに解説した「山陰より東海へ二拾二句」が主な句群である。その中で最後に残った次の句を見ておきたい。

出雲錦海舟中、四句（より一句）

島ゆ島へ渡る夜涼の戀もあらむ

この句については、西垣脩の解説が『臼田亜浪先生』に掲載されているのでそれを引用する。

先生の作品には抒情の濃いものが少くないが、俳句のタイプとしての小說的構想の句は案外すくない。これはつねに純正俳句を提唱し、詩歌の本質の在り方を深く意識せられたからに相違ない。この句はロマンティックではあるが、小說的な內容のおもしろさに賴つた句にかつてゐる。構想の趣きに重心がかかつてゐないで、作者のゆたかな主情に重みがかかつてゐる。暢達で爽かな表現の聲調のせゐもあらう。これは一方で、感傷性の過剰をも抑へてゐる。先生はこの句を作られた時は四十六才であつた。年令の力もあづかつてゐると思ふ。第一書房出版の俳句文學全集の「臼田亞浪篇」では「錦海舟中」とあり、目黒書店の「句作の道、評釋篇」では「中海の大根島へ渡つた時」とある。同じことか如何か、地理にくらい私には分らないが、出雲旅行の作に違ひはない。そのみづみづしさがたのしい。

さすがに名解釈というべきである。ロマンティックではあるが、感傷的な感じがしないというのはまったく同感である。亜浪の精神性からして、感傷によりかかった句を作るはずもあるまいが、その辺りも含めて亜浪のことを知り尽くした解釈である。そのような弟子がいたこと自体が、亜浪の指導者としての見事さを物語っていると同時に、亜浪の人間としての器の大きさを彷彿とさせる。

さて、ようやくこれから大正十五年、大正最後の年の句へと入る。この年の句も、様々な傾向の句があって面白い。まさに挑戦的な亜浪の思いが見て取れる。そんな中で、大野林火が挙げている二句とその解説を最初にまず挙げておく。

古奈浴泉にて
ざ う ざ う と 竹 は 夜 を 鳴 る 春 山 家

大正十五年作。温雅な句である。竹藪を背負つた家のうしろには、大きな春の月が懸つてゐたかも知れぬ。

ひ と へ も の 徑 の 麥 に 刺 さ れ た り

同年作。輕い單衣になつた作者は、初夏の風に誘はれて野道をゆく。そして麥の穂に腰のあたりを刺されたのである。爽快な句である。平明にさらりと表現されてゐるので、この感じは一層深い。

（『臼田亜浪先生』）

林火らしい解釈である。「言葉はやさしく、思いは深く」と言った林火らしいというべきか。

林火自身は、亜浪の難解性を良しとしていなかった節がある。この「名言」からしても、それは至極当然のことだった。よって、これらの句の解釈には納得がいく。第一の句を「温雅な句である」といい、第二の句を「爽快な句である。平明にさらりと表現されてゐるので、この感じは一層深い」というのは、まさにその典型であった。この考え方は、いわば俳壇の主流的なものであり、その後の俳壇を担った林火には当然必要なものであり、それゆえに俳壇を先導することが出来たのである。そこに林火の力があった。そしてまた、そんな林火を導いた者、それが亜浪であったこともまた紛れのない真実であった。

だが、私には亜浪のやや難解な句、いわば人間探求派的な句が気になって仕方がない。そこに亜浪の新しさをどうしても見てしまうからである。そんな句も含めて、大正十五年の句をもう少し挙げておく。

ふるさとは山路がかりに秋の暮　（大十五）
猿が小猿が鬘かむつて秋の暮
大石の風音照れる枯野かな

この辺りの句には、前回でも述べた芭蕉の影響が色濃く出ている。それは悪い意味でいっているのではなく、芭蕉の精神性を思えばこその思慕であることは間違いない。

ぎつしりの材木の底にある冬日　（大十五）
壁かげの雛は常世に冷たうて
死ぬものは死にゆく躑躅燃えてをり

「ぎつしり」の句などは、いわゆる従来からの亜浪調とでもいうべき句調であり、最後に「冬日」に全焦点を当てて完了するという亜浪らしい手法である。「壁かげ」の句も、「常世に冷た」いという辺りは、如何にも人間道を考えている亜浪らしいのである。だが、ここで特に顕著な句として出ているのが、最後の「死ぬものは」の句である。

「死ぬものは死にゆく」という永遠の真理と「躑躅燃えてをり」という現実の景を取合わせた句である。死というものの絶対的静寂に対して、躑躅の燃え盛るような生命の勢いという真逆の物を取合わせて、死の荘厳さを伝えようとしたのか。いずれにしても「死ぬものは死にゆく」というフレーズは如何にも亜浪らしいし、人間探求派的でもあるだろう。そんなところに私は魅かれるのである。例えば加藤楸邨では、死を見つめての句では次のような句がある。

つひに戦死一匹の蟻ゆけどゆけど　楸邨
かぞへゆく人の生死や春の雷

火の中に死なざりしかば野分満つ

一句目は昭和十年前半の句だが、後の句は戦中から戦後直後の句である。むしろ、戦争後期には、時代背景もあり、「死」を詠むことはますます難しくなっていったのだろう。だが、それにしても、楸邨でさえ、死をこうまでも直接詠った句はそうはないのである。「人間探求派」を謳った楸邨でさえ、そのような状況であったというのに、亜浪はすでに大正十五年、昭和よりも前に「死」を直接俳句に詠みこんでいたのである。そのことは特筆されていい。

昭和二年の俳句

いよいよ、これより昭和の俳句、昭和二年の俳句へと入っていく。大正から昭和へと変わったことで、時代の流れは大きく変わったようであり、亜浪自身も、句集『旅人』のなかで、大正期までの俳句を「以上句集黎明時代」と明記している。いよいよここから、亜浪の新生面が展開すると考えていいだろう。

その昭和二年の巻頭の句こそ次の句である。

元朝の日がさす縁をふみありく　（昭二）

一見なにげないことを記した句のように思えるが、新たなる時代の幕開けともいえる「昭和」の元朝の日差しを受ける縁を、いま踏み歩いているというのである。まさに新たな希望を胸に秘めてという感じだ。この句については、『臼田亜浪先生』のなかで、大野林火が見事な論説を展開しているので引用する。

昭和二年作。作者の行住座臥がそのまゝ俳句になつた作である。一讀ある安住感を私達に與へて呉れるのは、畢竟作者自身の心境ふかく落着いてゐるからであらう。

これは俳句といふものが、充分身につくと共にその深奥に觸れた人にして初めて爲し得るので、すぐこの表面の平明さを組易しとするのは大間違ひである。何事でもさうだが鍍金は剝げ易く、結局その人の持つてゐるものだけしか作品に現れない。こんな小さな詩形だからもつと小手先でその邊はうまく片付きさうなものだと思へるが、事實は反對で短詩形だけに作者の高さ、深さが根底になる。先生は「私の俳句を求むる心は、第一義諦としての人間の完成へ！　がそれである。人格の渾成へ！　がそれである。約言すれば、道を求むる心であり、宗教に歸依する心である」とその著「俳句を求むる心」で說いてゐる。これを以て性急に俳句を道德宗教と同一視するものとしてはいけない。俳句が藝術であるのはいふまでもないので、只その根底に於て強く所謂藝術のための藝術を否定し、「道」としての俳句を求むるのである。

私は先生が折々示す観念臭の強い作品には、却つて獨りよがりの脆弱さを感じて共感出來ないが、「家をめぐりて今年の夕日おくるなり」やこの句等には先生の心に觸れ得た有難さを感ずる。

まずは、「作者の行住座臥がそのまゝ俳句になつた作である」という点である。もともと俳句とはそういうものだったはずなのだが、近代化の波とともに本来の姿を失いつつあった。それをまずは取り戻そうとしたのが亜浪であった。「いくたびも雪の深さを尋ねけり」と詠った子規の心境に近いともいえるだろうか。だが、その思いは、ただ亜浪のみならず、虚子も同じだったはずである。その意味では、亜浪と虚子の違いはむしろそれ以降の文章にある。

「すぐこの表面の平明さを組易しとするのは大間違ひである」という点に関してはどうだろうか。虚子もホトトギス系の俳人たちも、決して表面の平明さを組易しと考えていたわけではないだろう。だが、それでも、全体の傾向として、そのような方向へ流れていったことは否めないのではないか。

それに対しての亜浪の答えはこうだ。「事實は反對で短詩形だけに作者の高さ、深さが根底になる」という。俳句には、作者の人間性がさらけ出されるということになる。その意味で、虚子のいう「客観写生」が、作者の主観をすべて拭い去って、完全に客観なる写生を目指すとすれば、まさに相対する考えということになるわけだ（蓋し、完全なる客観写生もまた実は簡単なことではなく、安易な客観写生こそが、月並み俳句を大量に生み出したという説は多くの論者が述べているところであるから、そう単純ではないがその議論はここでは敢えてしない）。

そして、亜浪の考え方が、林火の文章を通して明確に切り取られる。「先生は『私の俳句を求むる心は、第一義諦としての人間の完成へ！がそれである。人格の渾成へ！　がそれである。約言すれば、道を求むる心であり、宗教に歸依する心である』とその著『俳句を求むる心』で説いてゐる」。まさにすべてがここに収斂するのであり、すでに何度も書いてきたことだが、これに「俳句道即人間道」も由来する。ここまでは、すでに書いたことだが、さらに重要なことがこの後に続く。「その根底に於て強く所謂藝術のための藝術を否定し、『道』としての俳句を求むるのである」という点である。俳句は芸術であるといいながらも、いわゆる「芸術至上主義」を排しているのである。この考えには、現在でも賛否両論があるだろうし、むしろ現代は「芸術至上主義」の方が主流かもしれない。だが、亜浪は「道」にこだわった。それこそが、如何にも亜浪なのである。その思いが強すぎたために、林火のいう「観念臭の強い作品」がしばしば現われ、それが「獨りよがりの脆弱さ」を露呈したのも確かであるが、それらの俳句群によって、亜浪は俳句道での先見性を示すことができ、また一方で、平明で深いところへの俳句にも繋がっていったのではないかと思うのである。

そこで、昭和二年の亜浪俳句である。

雉子のむくろあはれとも見て晝眠る　（昭二）
春をしむ心に遠き夜の雲
くらきより浪寄せて來る濱納涼
晩涼の山風ならし魂ゆする
月涼し吹かれて雲のとどまらず

どの句も、どこか寂しげで、何かを訴えかけてくるようだ。「雉子のむくろ」の句、どうしても楸邨の「雉子の眸のかうかうとして売られけり」を思い出してしまう。亜浪の心からは、どうしても、流離の思いが離れなかった。「心に遠」いところに、「夜の雲」は漂ってくる。「浪寄せて來る」のも、やはり「くらきより」なのだ。「晩涼の山風」には「魂ゆする」。そして、「月涼し」げな中においても、「吹かれて雲のとどまらず」なのだ。漂泊の思い、常に止まず。いつまでも、たとえ昭和に入っても、亜浪はやはり「永遠の徒弟」だったのである。

さらに、昭和二年の特徴として、亜浪の特徴の一つであるオノマトペの句が一段と多いことが挙げれらる。

寒木瓜のぽつりぽつりとよき日向　（昭二）
ひらひらと夕日が舞へる庭冬木

ぽつくりと蒲團に入りて寐たりけり
雛箱の紙魚きらきらと失せにけり
山蛙けけらけけらと夜が移る

これらの句の中でも、特に最後の「山蛙」の句は個性的な擬音語としてよく知られているが、亜浪がオノマトペを多用した理由は何かということが問題になる。

あくまで私見であるが、例えばこの「山蛙」のオノマトペは、実によく「山蛙」の本質を表している。俳句とは人間そのものであり、自然の一部でもあると亜浪は考えており、自然の中の生き物もすべて人間同様生かされているものだった。とすれば、俳句の中で表現される生き物たちもまた、その生き様を俳句の中で描かれるべきだったのだ。その生き物の本質を描く一つの手段こそが、このオノマトペの多用ではなかったか。つまらぬ千の言葉を弄するよりも、その生き方を代弁するオノマトペの方がその生き様を直截的に活写するには最適な場合がある。そんなところから、亜浪はオノマトペの多用に至ったのではないかと推察する。「山蛙」は、まさに「けけらけけらと」鳴きながら、そのようにして「夜」は「移」ろってゆくものなのだ。そんな「山蛙」の本質を見事に表現することに成功した例である。

昭和三年の句

続いて昭和三年の句に移ろう。この年は特に旅吟の多い年だった。中でも、「滿鮮旅上抄二拾三句」は、久々の長旅での吟詠であった。そこから二句を引く。

鐵嶺小盗兒市
人間の齒を賣つてゐる暖かに　（昭三）
奉天北塔にて、一句
巣鴉の糞踏まじとす陽炎へり

特に気になる句を敢えて選んでみた。「人間の齒を賣つてゐる」というのも、中国ならではだろうが、それを「暖かに」と見たところは異質だ。そこに、中国人と日本人との違いを見ているような気がする。「巣鴉」の句は、特に中国でなくても出来そうな句ではある。だが、奉天では、鴉の糞までも何か違うような、さらには陽炎までも日本とは違う雰囲気があるのではないか。現代の中国ならいざ知らず、昭和三年の中国なのである。何もかもが、夢かうつつかというような麻痺したような感覚がある。それこそが、異国情緒といえるのかもしれない。そんな不可思議な雰囲気を醸し出している。

そして、昭和三年の代表句ともいえる句が、次の句であり、西垣脩の解釈とともに引用しよう。

草原や夜々に濃くなる天の川　（昭三）

代々木に住はれたころは、練兵場も近く、草原によこたはる銀河の壮麗が一際あざやかであつた。中野西町の現在のお住居が新しく建つてからも、周圍はかなりの間草原つゞきであつた。さうした生活環境にあつて、夜々に濃くなつてゆく銀河の無言の歌が、先生をおしつゝみ先生に浸みとほつた。そしておのづから結晶し、果實の熟するやうに成つたものと思ふ。發見だとか把捉だとかいふ耳目のはたらきが小ざかしいわざに思はれてくるほど、全身をもつて感受せられた感じの作品である。しかも、數限りない旅の日々の體驗が、血の脈打ちのやうにこの一句に通つてゐる。かつて故國を遠く離れた戰野の夜空に、この感慨にふけつた者も少くはなからう。私も亦その一人だ。瓦模様のすかしのある朝鮮の美しい手漉紙にこの句を書いてもらつたのを、小さく折り畳んで背嚢ふかく忍ばせて歩いた。（『臼田亜浪先生』）

この西垣脩の解釈は、的確であると同時に当時の読む者の心を揺さぶるものを秘めていたことが分かるだろう。「草原」という言葉は、確かに大陸を彷彿とさせ、大陸の戦線へ駆り出された者たちへの思いも重なっているに違いない。自宅周辺で作られた作品であるとしても、大陸での作を空想させるような句のもつ大きさこそがこの句の魅力なのだ。

もう少し、三句ほど昭和三年の句を挙げておこう。

世に遠く浪の音する深雪かな　（昭三）

「世に遠く」というような言い回しは、いかにも亜浪らしい従来からの手法である。「浪の音する深雪かな」もそうである。その意味では従来からの範疇を抜け出ているものではないが、幻想を見ているかのような深い余韻を残す感じがある。そんな深みを備えつつあるところが新しいともいえようか。

山の餓鬼月夜の柿にぶらさがり　（昭三）

この句などは、従来の亜浪らしからぬ面白さがある。雰囲気としては、この句も夢世界のようなところがある。「山の餓鬼」は、本当の山村に住む子供なのか、はたまた、いわゆる悪業の報いとして餓鬼道に落ちた者なのかは明確ではないが、どちらも連想させるところが面白い。実際には、子供たちが夜の柿の木にぶら下っていたのだろう。それを詠んでいるうちに、餓鬼道に落ちた者の姿に重なって見えたのではないか。純真な子供たちではあるが、その子供たちの心にもどこか餓鬼に落ちるような魔物は潜んでいる。人間の本性をも表現しているようだ。

水鳥のゐて土手をゆく心なり　（昭三）

昭和三年の最後に、この句だけは挙げておきたい。この句を見て思い出すのは、やはり次の山口誓子の句である。

土堤を外れ枯野の犬となりゆけり　誓子

誓子の「根源俳句」の代表作として喧伝されている句である。「根源俳句」の是非の問題は別にして、ずいぶん近い感じがすることは確かだろう。実際には、亜浪の句は、水鳥を土手に見て、進んでいく作者の心をいっているのだろうから、「根源俳句」ではない。だが、句意の自然な転換として、「水鳥として土手をゆく心なり」とすれば、ほとんど「根源俳句」といっていい。亜浪の俳句は、昭和三年にしてもうそこまで来ていたのである。誓子の「土堤」の句が昭和二十年の句であることを考えると、亜浪の先見性が改めて見直されるべきであることがよく分かる。

昭和四年の俳句

昭和四年は、三月に「石楠」十五周年記念大会を原宿参道橋明治神宮講会館において開催するという節目の年であった。年齢も五十歳となり、いよいよ脂の乗り切った時期といえる。いつもながらに旅の句が多い。

夢 の 世 の 春 は 寒 か り 啼 け 閑 古　（昭四）

「平泉懐古、二句」と題されたうちの一句。実際、この年の四月に岩手県での俳句大会に出席した際に、平泉中尊寺を参詣している。この句は、翌昭和五年十月に、中尊寺境内に句碑として建立された。

現実の四月の平泉は、春とはいえまだ寒かったに違いない。それは実感から来ているのだろう。だがここでいう「夢の世」とは、かつて栄華を誇った奥州藤原氏や義経を思ってのことに違いない。「啼け閑古」というのも彼らへの慈しみの思いに他なるまい。そんな現実と夢の交錯した世界を描いているところがこの句の面白さだ。

暮 れ ゆ く や 海 光 荒 き 穂 麦 原　（昭四）

え に し だ の 夕 べ は 白 き 別 れ か な

「四國九州旅上抄二拾四句」と題された中より二句を挙げた。「暮れゆくや」の句は、「鳴門観潮、二句」と題されたうちの一句。この句で驚かされるのは、「穂麥原」である。海上から渦潮を見ているのだろうが、しかしそれでもなお眼は穂麥原のほうを向いてしまう。亜浪自身の関心が、どうしてもそういう生活感のあるほうに向いてしまうからなのか。いかにも亜浪らしいといえば亜浪らしい句なのである。次の「えにしだの」句は、「琴平旅泊、二句」と題されたうちの一句である。金刀比羅宮を参詣する人はいまも多い。多くの人との出会いと別れがある。そんな別れの一こまを、ここまで清々しく一句にしたためた手腕は買えるのではないか。最後に昭和四年の句をもう一句だけ挙げておきたい。

夏帽の夕風を切る音にゆく　（昭四）

夏帽子の夕風を切る音に、ついていくというのだろうか。やや分かりにくいが、何か魅かれる句である。風を切る音に誘われるかのように、読む者をも魅了するのである。

昭和五年の俳句

続いて昭和五年の句に移る。この年も精力的に旅をし、佳句を多く物しており、気力体力ともに充実していたようだ。西垣脩が、『臼田亜浪先生』の中で書いている「先生の二十句」は、亜浪が亡くなる直前に書かれたものであり、亜浪の代表句をほぼ網羅したものと考える。その中に、昭和五年の句が三句も選ばれているのは特筆されていい。これほどの年は亜浪の俳句人生においても一度もないからである。この昭和五年という年は、亜浪の俳句人生において、一つの大きなピークを迎えた時期と考えていいだろう。

昭和五年の代表句であり、さらには亜浪自身をも代表する句の一つとなったのが次の句である。

雪散るや千曲の川音立ち來り

この句は、故郷小諸での作だが、静かに舞い散る雪の中で、千曲川の川音が否応なく迫ってくる様子が、「川音立ち來り」に見事に表現されている。驚くべき表現力である。この句は句碑にもなって小諸に残されている。西垣脩の解釈をみてみよう。

昭和五年の作。信州小諸の城趾に立つて深い感慨のうちにものせられた。小諸は先生の故郷である。春淺い、雪のくづれやすい日ごろであつた。「あたたかき光りはあれど、野に滿つる香りも知らず」と島崎藤村のうたつた、その「しろがねの衾の岡べ」に「いくたびか榮枯の夢の、消え殘る谷に下りて、川波のいさよふ見れば、砂まじり水卷きかへる」その千曲川を見下して居られる。雪解の水かさ增した川音が、雪のくづれ散つたけむりの中から俄かに立ち昇つてくる。一句の調子の張りは、內容の單純化から感動のひゞきを打ち出してくることによるのは勿論だが、語音の配列がタ行音、カ行音、それからラ行音の強い鮮かなものの頻用のちからによつて招來されてきてゐるのであらう。なほ、藤村の「千曲川旅情の歌」の碑と對峙して、この句の碑が建てられてゐる。そして共に毎年雪に埋れ、毎年千曲川の激つ音を聞いてゐるのだ。（『臼田亜浪先生』）

この句の力強さの源は、音感にもあることに気づいた西垣の眼力は流石といえるだろう。まさにそれによって、「川音」が「立ち來」たる臨場感が生まれているわけだ。

西垣脩には選ばれなかった句も少し見ておきたい。

はればれと木の葉流るる野川かな　（昭五）
空梅雨の月や古りにし板廂
名殘る湯の窓の若葉に言寄せむ
秋涼し葡萄一粒々々ふくみ

ここに挙げた四句、いずれも派手さはないが、なんとも味わい深い。そこは長年の句歴が生み出したものだろう。「はればれと」した「野川」は実に清々しいし、「空梅雨の月」と「古」びた「板廂」の取合わせも悪くない。「名殘」りの湯で、「若葉に言寄せ」るという繊細さもあるし、「葡萄一粒々々ふくみ」という言い回しもいいのである。
実は大野林火も『臼田亜浪先生』の中で、亜浪の昭和五年の句を一句挙げているので引用しておく。それだけ昭和五年という年が注目すべき年であることを示している。

日 あ た つ て 來 ぬ 綿 入 の 膝 の 上

昭和五年作。前掲に通ふ句境である。老來獨りその心境を樂しむ人の姿が想像される。冬はまことに風邪をひかれ易い先生は又大の寒がりやだが、その先生が背を丸くしてひとりぽつねんと坐つて居られるところだ。けふは冬日が翳つてゐて、硝子戸はさむざむと枯野明りをたたへてゐる。海底のやうなしづけさの中にゐると、思ひはふかく弟子のこと、家族のこと、自分のことと內へ還つてくるばかりである。さうしたときにふと硝子戸から冬日がさし入つて膝の上に及んだといふのであらう。
かうした一見、見逃し勝の平凡な當り前のことから、かかる秀作が生れるといふことは不思議に思へる位だ。

林火の言葉とは裏腹になるが、一見見逃しがちな平凡な景が秀句となることこそが、俳句の本来の姿なのではないかと思うのである。林火も当然そのことは分かっていた。

西垣脩が『臼田亜浪先生』の中で、昭和五年の句をさらに二句を丁寧に解説しているので、そこから見ていく。

手毬子よ三つ數へてあとつがず

新春のこゝろくつろぎに、春着の幼女が手毬ついてゐるさまを、見まもつてをられると、そののどけさの中にふとかなしみに似た思ひがほつかりと咲いた。何度ついても、そのよむ數は三つを越えない。それを幼女はひたむきに繰り返してやめないし、先生も又倦きもせず見つめてをられる。日あたりのよい縁側であらう。大きな自然の風景に張りつめた弦のやうに鳴る先生の詩魂は、一面このやうな生活の襞にある子供のしぐさにさへ響く。人一倍涙もろい感情の持主だ。

雪の中聲あげゆくは我が子かな

など有名だが、子供の姿態に動かされて作られた句は多い。この句は、しかし、感情は強く表出されてはゐないが、そのさりげなさから、人間のかなしみとも云ふべき深い情感が湧き出てくる。生活の哀歡の歌がこの一點からこだましつゝひろがるのではあるまいかと思ふ。

ここに書かれたような、子供への眼差しは、まさに亜浪らしいものである。「俳句道即人間道」とは、生きることこそが俳句であるという意味だけではない。極論としての、道さえあれば俳句などなくてもいいという論なども含めて、ここでいう「人間のかなしみ」なども表現すべき主題と考えていることはいうまでもない。自然の中の一つとして人間もまた存在しており、その中の感情の一つとして悲しみもあるということである。いってしまえばそれだけのことかもしれない。だが、それこそが、亜浪にとっては大問題であり、生きるすべてであったとすれば、俳句の道もまたすべて生きることへと繋がったのは道理であった。

ところで、話は少し飛ぶが、この句、『旅人』では次のような表記で掲載されている。

手毬子よ三つ数へてあと次がず

「つがず」はひらがなではないのである。『定本亜浪句集』でも「次がず」となっているから、後になって亜浪が見直したわけでもなさそうである。とすれば、亜浪自身は「次がず」のつもりだったのだろう。それで句意ははっきりする。ここに解説した通りである。だが、今回の表記「つがず」もまんざら悪くないのではと思われる。ひらがな表記の方が様々なイメージが湧いてくるような気がするからである。その辺りまで西垣脩が意識していたかどうか。

さて、もう一句、西垣脩が取り上げた昭和五年の句を見よう。ここでも、西垣の解説とともに引用する。

　　駿河野や大きな富士が麥の上

　まるで技巧も何もない放膽さである。あるがまゝを素朴に無心に受け取つて一氣に描きあげた作品だ。しかし先生の願望はこの風景とめぐりあひで確かにかなへられてをり、私たちは又その驚きとよろこびを俳句形式なるが故に享受出來るのだと思ふ。先生はかう書いてをられる。「なんといふ大きな富士であらう、本當に眼にあまる大きさである。奥が知れぬ碧空から、撫で肩のすらりと、ゆるやかに伸びやかに裳をひいて、それも腰のあたりからところどころに濃綠の松林やら杉林やらを染め出した裳の一端は、襞深く箱根へ投げかけ、一端はうねうね小皺をたゝんで霞がくれの三保あたりへ。——まともは黄褐にぼかし模様の麥生を綴つて、一面に熟れ香が漂ふ。じつと見た眼は、麥時の駿河野に、ゆつたりと王者の威容を示して座つたやうでもある」と。叙述の力はさること乍ら、感動は句の單純な表現の力を却つて支持するにちがいない。

　解説中にもあるように、実に壮大で明快な句である。それがすべてであり、亜浪のおおらかさのすべてが出た句といえるだろう。もちろん、叙述の旨さも群を抜いていて舌を巻く。さすがに臼田亜浪だと唸らせるものがある。亜浪には、この句に見られるような、放胆さ、豪放磊落の部分があったことは確かだ。この部分だけでも、亜浪の句はもっと見直されていいはずである。私は、この句をみてそのことをより強く思う。

前句のこともあって、重なるが、この句もまた、『旅人』での表記はやや異なっている。『旅人』では、「山陰より北陸へ二拾三句」と前書きされた中の、筆頭に置かれている。山陰・北陸の旅へ向かう道すがらで富士を見た時の句であることが分かる。『旅人』での表記を示す。

するが野や大きな富士が麥の上

「駿河野」が「するが野」になっているだけである。だが俳人である以上、それだけであるというなかれといいたい。漢字で書くと、どうしてもやや硬い感じになることは否めない。だが、こうしてひらがなで書いてみるとおおらかな、より穏やかな駿河の感じが伝わってくる。その意味では、『旅人』での表記の方が富士の大きさを表現するのには相応しい気がする。だが、駿河という地名をより明確に限定するには漢字の方が相応しいだろう。色々調べてみると、先の句でもそうだが、亜浪は一つの句でも、微妙に形を変えて、(異性体とでもいうべきか)発表していたようである。この句などもその例ではないかと思われる。果たしてどちらが良いかは、なかば読者に委ねられているのかもしれない。

最後に二句を挙げて、記念すべき昭和五年を終わることにしたい。

屋根に子を育てて猫が月にゐる　（昭五）

籠の虫めす死にければをすも死にぬ

「屋根」の句は、亜浪のやや新しい面を見せている。屋根の上で、子猫を育てているのだろう。そこへ月が上がったのである。まあるく上った月を背後に、子猫を育てている親猫の姿が印象的だったのだ。まるで、月で育ててでもいるかのような厳かさ。生き物に対するやさしさという亜浪らしい句でもあるが、幻想的な神秘性も面白い。一方で「籠の虫」の句は、何のこともない句ではある。めすが死ねばおすも死んだというだけのこと。だが、そんな必然を敢えて句にしたところ、そして「死」を真正面から句に詠んだところが如何にも亜浪なのである。ある意味、後の「根源俳句」に繋がると思うのである。

10 「石楠」成長期②(昭和ゼロ年代後半)

これより、第二句集『旅人』の後半へ入っていく。昭和六年から十一年に至る後半は亜浪が最も勢いのあった時代といえるだろう。

昭和六年の俳句

昭和六年を代表する句としては、大野林火が『臼田亜浪先生』の中で取り上げている次の句を挙げておこう。すでに取り上げた部分もあるが重要な点なので再度確認しておきたい。

昭和六年といえば、九月に満州事変が勃発した時期であり、世の中は戦争の時代へと動きつつあったが、まさに機を同じくして亜浪は「東北游艸」の旅に出た。その旅の十二句のうちの一句である。

奥入瀬にて

瀧とどろとどろと桂はや散るか

昭和六年作。十和田湖に遊んだときの作である。とどろとどろは、先生獨特の擬音の成功せるもの、これで山中の瀧音は完璧といってよい。飽く迄氣魄で押してゐる風韻ある句であり、國士の風格を持つ先生を偲ばせるに充分である。

自然を見つめるといふことは、一木一草の菁々たり亭々たる象をのみ見るのではない。その象を透して、その心、そのいのちに觸れることをいふのである。いひ換へれば對象と我れとが間髪をも容れず直面した刹那の微妙なる心のはたらきを指すのであり、其處には概念もなく、理智もない。ただ靈なる超絶我の眞聲を聴くのみである。かくして初めて「まこと」が心會されよう。（昭和二年八月「石楠」巻頭言）

と説かれ、更に、

いはゆる風景句なるものは、すべて爾く特殊の命題のもとに制作せしめまた制作するものである以上、當然一般の抒情的なもの、叙事的なものと區別されねばならない。更にまた叙景的な制作の範疇に於いても、特定の制作條件によりて律せらるべき取材の範圍を前掲とすることを慮るべきである。それはいふまでもなく、その山その川その瀧その湖等々それぞれがもつその特性、その特相を如實に表現すると共に、その制作が藝術としての創造價値をもつものでなくてはならない。單にそれぞれの固有名詞を斡旋することによりて、その條件を糊塗せんとするは、卽ち概念化の陋手段であるともいへよう。敢ていふ、阿蘇山には阿蘇山としての、木曾川には木曾川としての獨立的な本來の性相と其處に祕められたいみじき偉靈が存する。苟も風景句を詠ぜんとするもの、風景句に對せんとするもの先づ深くこれを思へ。（昭和六年七月「石楠」巻頭言）

とも先生は書いてをられる。これは本來描寫でゆくべきところを固有名詞で糊塗せんとする風景句に有勝ちの弊を警めたもの、作家のふかく銘記すべき至言と思ふ。またこれらによつて、先生の自然に對する態度が明らかにならう。

蔦沼にて

沼 楓 色 さ す 水 の 古 り に け り

もこの旅の所産である。〔傍点ママ〕

「瀧とどろ」の句自体は、亜浪らしい擬音語のリフレインの句である。だが、その比喩の旨さは流石と思わせる。「桂はや散るか」への切り返しも面白い。

そして、昭和二年の亜浪の「石楠」巻頭言。まさに「まこと」の本質を一言で明言している。「對象と我れとが間髪をも容れず直面した刹那の微妙なる心のはたらき」なのである。よって、「概念もなく、理智もない。ただ靈なる超絶我の眞聲を聴くのみ」ということになる。対象と我との瞬時の心の通底。これらは、芭蕉をはじめとして多くの俳人がいってきたことでもある。「まこと」は鬼貫に始まるが、芭蕉もまた、その心は理解していた。

それに続く、昭和六年七月の亜浪の「石楠」巻頭言。風景句の陥り易い弊害を警めたことは確かだが、亜浪が常々言ってきた「自然感」が滲み出ている。「木曾川には木曾川としての獨立的な本來の性相と其處に祕められたいみじき偉靈が存する」「私と私の俳句とは二にして一である。自然の現はれを透して其處に閃き通ふ靈性の息吹に接すべく、禮讃する言葉其のものが私の俳句」という亜浪の考えそのものであることが分かるだろう。

もう少し昭和六年の句を見ておこう。リフレインの句がしばしば見られ、しばらくはその傾向が続く。

ひらひらと日向山吹返り咲く　（昭六）
冬山や天泣きのぱらぱら夕日に
ほくほくと馬がおり來る山櫻
山の夜のおぼろおぼろに木兎ほろろ

「ひらひらと」のリフレインはありがちな感じだが、「返り咲く」との取合わせならばいいのではないか。「ぱらぱら」というオノマトペも雨ではありそうだが、「天泣き」といい、敢えて五七五のリズムから崩した状態では新鮮味もある。「ほくほくと」は、馬が山を下りて来る感じとよく合っており、山桜との取合わせは新しい。そして、特に興味深いのが最後の句だ。「おぼろおぼろ」に加えて、下五の「ほろろ」まで続くリフレインの妙には驚かされる。オノマトペの三段活用とでもいえるだろうか。それでいて山の夜の朧の感性を的確に捉えている。如何にも亜浪らしいオノマトペを旨く活用した佳句といえるだろう。

青天やなほ舞ふ雪の雪の上　（昭六）
虫柱枯葉の雨の暮るるにも
兒らるねば窓に蜻蛉をねむらせつ
秋出水夜をこめて稲田原の聲

ここに挙げた四句は、亜浪の句として特に目立つような句ではない。だが、いずれも個性があって如何にも亜浪らしいのである。特に「青天」の句。この句では、「青天」と「雪」しか出てこない。実に単純化された世界なのである。だが、そこが如何にも亜浪らしい。そこに亜浪の剛胆さを見ることが出来る。ただ、この句はそれだけではなく、見事な技巧もある。「雪の雪の上」というような表現方式のことである。いわばリフレインのような様式を取りながら、実際はそう単純でもない。雪の上を雪が舞うというまさに単純な実景をそのまま句にしていながら、実存性を帯びた句となっている。まさに「根源俳句」の先駆けのような句なのである。亜浪の句には、常に先見性、未来志向を見てとることが出来る。それこそが、亜浪の真の魅力といえるだろう。「虫柱」の句も一見なんの変哲もないようだが、不思議な情感がある。無機質的な感覚だが、それこそ誓子に繋がるような感性である。「兒らゐねば」の句はいうまでもなく家族を思う亜浪らしい句だが、これとて「窓に蜻蛉をねむらせつ」との取合わせは新鮮だ。そして「秋出水」の句。この句もまた秋の夜の稲田原を巡る出水を表現しただけだが、そこにある稲田そして自然への敬虔な思いを見ることが出来る。

昭和七年の句

昭和七年を代表する句の一つとして、大野林火が『臼田亜浪先生』の中で取り上げている次の句を挙げる。今回もまた長い解説だが、適切な指摘が多く含まれているので全て掲載する。

舞ひ猿の人を見る眼ぞいとけなき

昭和七年作。猿廻しの拍子に合はせて、一さし舞つた子猿が、自分を取巻く人垣を眺めてゐる眼が、無心にあどけなく可愛いい《ママ》といふのである。「いとけなき」はをさない、頑是ないの意、子猿といふことはこれで分る。

――猿廻しは十二月から正月にかけて來る。よく冬日溜りの塀際や家合ひの枯地で人を集めて舞はせてゐるのを見掛けるが、私にはあの猿廻しの鼓の破れたやうな音がまづ哀れをそそる。一錢二錢といふ投げ錢を子猿が拾ひ集めたり、古帽子を持ち歩いて人々に錢を乞ふ姿も、相手が無心の小動物だけにあはれふかい。人々は猿のしぐさを見ては笑ひ轉げる。上手に舞へば舞ふで笑ひ、間違ひや失敗があればあるで笑ふ。猿廻しも出來るだけ、お客様に笑つていただいて、出來るだけ投げ錢を多くしていただかうと、ちやりを入れながら猿を舞はす。私は猿が疲れを知らぬもののごとく舞はされるのを見てゐると猿廻しが憎くなる。さういへばこの頃は猿廻しも餘り來なくなつたのではないか。「笛の音のとろりほろりと鳴りたれば紅色の獅子あらはれにけり　齋藤茂吉」の角兵衛獅子といふものも今は過去のものであらうか。雑沓の大都會を追はれて、或は地方の寂しい町々を舞ひ廻つてゐるのかも知れぬ。
「いとけなき」には作者の慈眼がある。あはれ深き句である。

この年あたりから作風に再び動きが見える。

落葉すよ荒れ名殘る海見えて門

新宿の晝にて落葉わが前を
草が萌えてる此處まで浪の伸びて來い
牡丹見てをり天日のくらくなる
雁三羽五羽山の手の夜がすみに
冬の夜の颱風明りさす鏡

等、いはば精神的の若々しさが句に出てきて、いろいろの試みや主觀を表面に出した句が多くなつてきてゐる。

まずは、表題の「舞ひ猿」の句。さすがに大野林火である。句中の「いとけなき」だけから、これだけのことを想像し、見事に具現化できる手腕は見事という他はない。そしてまた、そのような哀れさ、人間臭さこそが「俳句道即人間道」でもあったのである。「あわれ」が分からずして、何の人間道であろうか。亜浪のそんな声が聞こえてきそうだ。

そしてまた、「この年あたりから作風に再び動きが見える」という林火の指摘も的確であった。大正末期にいったん平明な句風に変わりかけた亜浪であったが、やはりその句風のみではどうにも飽き足らなかったようだ。確かに林火のいうように、「精神的の若々しさ」とでもいうような様々な試みと、初期からの主観の強く出る句が見えるようになってくる。

例えば、林火がここで挙げている「落葉すよ」の句や「冬の夜の」の句などはその傾向が強い。「落葉すよ」の句では、上五で突き放すような言い方をしたうえで、「荒れ名残る海見えて門」というような見事な名詞止めで句を完膚なきまでに完結している。「冬の夜の」の句でもまた、「鏡」という名詞止めで句を完結することで、一句としての完結性を高めている。そのような手法は、どちらかというと若い頃に多く見られた手法であり、林火の指摘も頷ける。

そして、忘れてはならない句が、林火も取り上げている次の句である。

牡丹見てをり天日のくらくなる　（昭七）

この句こそ私などは、昭和七年を代表する句ではないかと思う。亜浪はこの年四月に、再び関西から九州への旅を行っている。その旅での作である。『旅人』では、前書きとして「再び九州へ拾八句」と書かれた中の二句目に置かれており、九州へ到着する前の関西での作と思われる。句意だけみれば、何のことはない句である。牡丹を見ていたというのである。その時、なぜかふと天日が暗くなったというのである。

ただそれだけのことである。だが、そこが妙に気になってくるのだ。牡丹を見ていた。どうも感覚的にはそれほど真剣に眺めていたようではない。そんなある意味無意識的に眺めていたであろう時、ふと周りに意識を飛ばしてみると、なぜか天日が暗くなったように感じたのである。それはおそらくは自分自身の内的変化の問題なのだろう。牡丹によって何か内的に自分が変化して、それを外的なもの、天日の変化に感じたのではなかったか。如何にもそのような己自身の変化を感じ取ったように思えるのである。いわばこの句は「牡丹見てをり（自分自身の）暗くなる」とでもいうような印象なのである。こう見てみると、亜浪がずっと唱え続けてきた一元俳句に通じる句ともいえるのではないか。また「根源俳句」的ということもいえるだろう。私などは、水原秋桜子の次の名句さえ呼び起こされるのだ。

冬菊のまとふはおのがひかりのみ　秋桜子

あといくつか昭和七年の句を引いておこう。

電線泣いてゐる青菜漬け込まれ

都府樓址
千年の礎を吹く青嵐

蛾の舞ひの山の白夜を怖れけり

ころころやこの頃もののの影深く

新しい感性の感じられる句を挙げてみた。「電線」の句、現代俳句というまの眼で見ればそれほど新しい感性ではないかもしれないが、電線が泣くのと青菜を漬け込むとの取合わせは新鮮だ。「千年」の句は、先に挙げた九州の旅での一句である。非常に単純で純朴なところが亜浪らしい句であり、この時期、新しい試みとともに、従来の大振りな感じも戻ってきていることが分かる。「蛾の舞ひ」の句もまた、「山の白夜を怖れ」るところが如何にも亜浪らしい表現方式といえるだろう。まさに亜浪風だ。そして、「こゝろころ」の句。こころころに己の気持ちを委ねてはいるが、自分の心境そのものだろう。亜浪もいよいよ五十三歳。いまでは何ということもない年齢だが、この時代にあっては、すでに晩年である。様々な過去の思いが脳裏をかすめるのだろう。そして、それらすべてが深い陰影を遺していく。そんな人生を振り返っての一句であったに違いない。まさに「俳句道即人間道」として。

昭和八、九年の句

昭和八年を代表する句の一つとして、大野林火が『臼田亜浪先生』の中で取り上げている次の句をまず挙げる。林火の解説とともに引用する。

家をめぐりて今年の夕日おくるなり

昭和八年作。微塵も濁りがなく、至り盡した安住感を覺ゆる。気忙しい大晦日も今暮れんとしてゐる。部屋々々も拭掃除されてすつかり片附いた。庭も清く掃かれて塵一つない。家はすべてもう新年を迎へる許りになつてゐる。おだやかな夕日は硝子戸を赤く照らし、庭を染めていま西へ沈まうとしてゐる。作者は掃き清められた家のめぐりを一巡して、恙なかりし今年を喜ぶとともに、來ん春を迎へんとするのである。作者にも幾變遷があつた。「俳句を求むる心」の中には死をすら思ふたことも幾度かあつたと書かれてゐる。すつかり新年を迎へる準備の整つた家をめぐりつつ、作者の心に去來したものは果していかなる感慨であつたらうか。――心意深き作である。

ただただ静かな句である。だからこそ、林火のいうような、深い思いを抱かせるのだろう。亜浪が、様々に俳句遍歴を経て、一つの境地としての、穏やかな句境に立ち至ったことは確かである。穏やかであればあるほど、その思いは深いのである。そこを林火は見抜いていた。だが、前節でもいったように、一方でまた、かつてのような主観の強い作品も現れることが多くなったことも確かである。その主観というのも、かつてのような、独りよがりの難解なものではなく、より普遍性の高い主観へと変わりつつあったように思われる。そのような句をいくつか示そう。

夢をたのしむ夜々の眠りの秋深く　（昭八）
巣立鳥籬傳ひに遠くなり
ぼう丹の崩れんとして風に在り
霧一抹山の小鳥が日を惜しむ

この四句の主観性をどう見るかは、一つの問題だろうが、私なりの解釈をしてみたい。「夢をたのしむ」というのはやはり主観といっていいだろう。そして秋の眠りが深くなるというのも頷ける。だが、実際の亜浪はこの頃から不眠症に悩まされていたようだ。だからこそ、その裏返しとしての、このような句が生まれたものと思われる。「巣立鳥」の句などは、よくできた写生句と言われてもおかしくない感じではある。だが、それだけではなく、作者の思いが籠められている。そこに主観が宿っているように思われる。「ぼう丹」の句も同様である。風に揺られて、まさに崩れんとする牡丹の一瞬の景を見事に句に書き留めた。そんな句である。しかし「崩れんとして風に在り」という表現そのものが主観的といえるのではないだろうか。そのような見事な表現こそが、亜浪的であり、また主観的といえるのだ。そして、「霧一抹」の句。この句は、『臼田亜浪先生』の中で、西垣脩によっても取り上げられているが例によって、少し異なる形の句として取り上げられている。この句のままで解釈するとして、「霧一抹」というのが、ある意味主観だろう。こんな表現はふつうはしないだろう。そこにこそ亜浪らしさという主観があるというべきだ。もちろん、西垣脩も書いているように、小鳥たちへの愛情溢れる視線は亜浪本来のものである。
昭和八年の最後に、記念すべき次の句を挙げておく。この句は、昭和九年十一月三日に、東京代々木八幡の境内に句碑として立てられている。

そのむかし代々木の月のほとゝぎす　（昭八）

まさに、かつての代々木の雰囲気をそのまま残した句といえるだろう。その昔は、代々木も月が煌々と輝くなかで、寂しくほととぎすが啼いていたことよ。というような懐かしみを帯びた句である。いまはそれを偲ぶことも出来ないほどの、街並みと雑踏のなかにあるとでもいいたいのだろう。かつての懐かしい代々木を偲んだ亜浪らしい抒情の籠もった代表句の一つといえるだろう。
続いて、昭和九年の句へと移る。この年の五月には、亜浪は先に書いたように不眠症に悩まされ、それを癒すために栃木県塩原温泉へ湯治に出かけるなどいくつかの温泉宿へ出かけている。そのような湯治での句をいくつか挙げてみる。

鹽原温泉、二句

河鹿啼く水打つて風消えにけり　（昭九）

篠原のかげろひつくし鳴く鶯

菱野鑛泉、一句

郭公や薬師立たせる山の霧

この辺りの句風は、以前とあまり変わらず、典雅で穏やかな句風である。だが、そこに見事な抒情を湛えている。ある意味、亜浪の主観が、写生と相まってここまで昇華されたと考えていいだろう。一つの句風を打ち立てたともいっていい。

昭和九年は、このような穏やかな句が多いようだ。体調もあまりすぐれず、湯治をしながら、身体を癒すとともに、俳句そのものも穏やかなままに沈潜を深めていったと考えていいだろう。もう少し昭和九年の句を挙げる。

二の酉や夜浅き霧にむせながら

夕立の竹煮草花闌けにけり

新涼のくらきへ蔓の泳ぎけり

この三句なども、同じような抒情の傾向ながら、それまでの抒情とはやや異なる面を見せている。「夜浅き霧にむせながら」とは、いかにも人間の姿を想起させる。だが、それは人間の影だけのようではないか。非常に繊細かつ微妙だ。「夕立の竹煮草」の句など、ふつうの句のようだが、夕立との取合わせは微妙な感覚の冴えがある。最後の「新涼」の句。新涼の暗さの中へ、蔓が泳いでいるという把握は新鮮だ。そこには、もとより作者の心情が投影されている。蔓は伸びるものであって泳ぐものではないという通常の概念をもすでに飛び越えている。このような新しい把握こそが、亜浪の新しさであり、次世代へのメッセージでもあったのである。

11 「石楠」成熟期（昭和十年代）

昭和十、十一年の俳句

いよいよ、亜浪の成熟期ともいうべき昭和十年代へ入る。昭和十年前後が亜浪のもっとも充実した時代であった。第二句集『旅人』の最終章にあたる部分でもあり、句の数も多く、そのことを物語っている。この頃には三千人を越す門下生がいたともいわれ、一大勢力を形勢していた。俳壇史的には、新興俳句運動真っ盛りという時期だったが、亜浪はそれら勢力と対抗しつつ己の俳句世界の開拓を進めていたといえるだろう。

まずは、昭和十年の俳句を見ていこう。この年四月には、目黒の雅叙園において、「石楠」二十周年の記念大会を開催している。また、「石楠」の合同句集として、第三句集『山光』も刊行した。まさに、「石楠」にとってもピークというべき年であった。

春雨のえにしだの素直なる青さ　（昭十）

雲一塊はなれてもゆる茅萱原

　このあたりの句になると、独特の風格さえも感じさせる。春雨に煙る金雀枝《えにしだ》の、まだ花咲く前の姿だろうが、その緑の「青さ」に素直さを見たという感性のよろしさ。「茅萱原」という、当時ならばどこにでもありそうな景色をもってきながら、「雲一塊はなれてもゆる」という言葉のなんとも懐かしい感じはどうだろうか。亜浪の言葉の斡旋も、いよいよ時代を越えた高まりへとせまってきたようである。そんな予感をはらんだ句である。

　昭和十年は、作句数も多いと書いたが、実際には旅での句が多い。この多忙な中で、九月から十一月中旬にまで及ぶ大旅行を敢行している。それが、以下に示す「満支鮮旅上抄一百五句」である。これほどの旅吟は亜浪でも珍しく、亜浪最大にして、最後の旅吟といっていいだろう。そこより、八句を引用する。

晩浦にて

汽車におどろく鴨におどろく旅人われ　（昭和十）

北安途上、三句（より一句）

蜻蛉も北へここな國原果て知らず

齊々拾爾にて、四句（より一句）

北吹いて野に燈もなかり天の川

錦州にて、三句（より二句）

廢園の爪紅の實をはじきなど

日は西に古塔の草の枯れゆける

北平郊外、二句（より一句）

徒らに古塔ぞ聳ゆ秋の雲

三原旅泊、一句

城に對ふ心ゆとりを鵙が啼く

山泊り朝押す鳥を寐ながらに

旅の句は難しいというのは定説だが、さすがに長い旅の中で、その地にしっかり馴染んだ俳句群となっている。最初の「汽車におどろく」の句などはまさに誓子の句を思わせるが（根源的という意味）、西垣脩の解説もあるので、後で引用する。

「蜻蛉も」の句も「北吹いて」の句も、どちらも大景を見事に読み切って、心の淀みがない。実に澄み切った境地といえる。「古塔」の二句もそうである。最後の二句は実は「歸東旅上抄拾六句」より採った句だが、中国からの帰国中の句であり、同じ旅吟と考えても差し支えあるまい。

「城に對ふ心ゆとりを鵙が啼く」の句などは、まるで加藤楸邨の句のようではないか。すでに何度も書いてきたことだが、俳句における亜浪の人間探求的な精神はいつまでも衰えることはなかったのである。

昭和十年を代表する句として、最初に挙げた「汽車におどろく」の句に対する西垣脩の解説文を挙げておく。亜浪が「旅人」であることを再認識した重要な句でもあるからだ。例によって『臼田亜浪先生』からの引用である。

汽車におどろく鴨におどろく旅人われ

先生の旅への愛は「そゞろ神のものにつきて」といふ芭蕉のことばそのまゝの烈しさであつた。日本本土は云ふに及ばず、樺太、滿洲、中國にまで及んでいる。元來頑健の質とも云へなかつた先生の氣性の烈しさこそが長ら途の行脚を成さしめたのであらう。旅のあとは必ずといつてよい程、疲勞のため健康をそこねてをられる。これは昭和十年九月二十日第二回目の滿支旅行の時、北鮮晩浦の景觀に接しての吟詠である。幾萬といふ群れ鴨が汽車におどろいて舞ひ翔つたさまの豪快さはどれほど先生を瞠目せしめたことだらう。このおどろきの素朴さ率直さが、表現の單純で勁いひゞきのために爽やかに傳はつてくる。童心さながらのおどろきである。時に先生は五十六才。藝術的の白熱的な燃燒は表現の單純化によつて成就されるといふのが、先生の變らざる信念であった。

この中で、間違いなく忘れてはならないこと。それこそが「藝術的の白熱的な燃燒は表現の單純化によつて成就されるといふのが、先生の變らざる信念であつた」ということである。この事実だけでも、この文章は意味がある。

続いて、昭和十一年の句に移る。この年もまた旅にしばしば出かけているが、湯治の意味もあるようで、体調は必ずしも芳しからずというところはあっても、本来の強い意志で旅を続けていた。

ビルの角切る寒月を浴びにけり　（昭十一）

空へ糸流して柳夜に入りぬ

小諸古城址追憶、三句（より一句）

むかし見しよ花にらうたきお人形

多摩河畔遊行、三句（より一句）

春風や今も渡しの渡されて

このあたりの句風は、ずいぶんと優しく、穏やかな感性に包まれていることが分かるだろう。亜浪自身も、一つの時代を過ぎて、ここまで来たという感慨もあるのではないか。この昭和十一年で、第二句集『旅人』は終わるのであり、ある意味安堵感のような、満足感のようなものまで感じられるのである。
だが、それでも亜浪はもちろん今の自分に安住しない。旅へ出ては、また新たな自分、さらには再認識を繰り返しつつ、前へ進んでいく。

今町旅泊（越佐旅上抄二拾壹句より）

けくけく蛙かろかろ蛙夜一夜　（昭十一）

「樺太國境まで六拾五句」で句集『旅人』は、ほぼ終わる。そこからの句を引く。

虹の尾の振りかはる天鹽野の暮れて

摩周湖、三句（より二句）

湖此處に死の影を見き虫遠み
水は死へ摩周の影の霧がかる

登別溫泉にて、三句（より一句）

をどるをどる湯山の月の滿つる夜を

最初の「けくけく」と最後の「をどるをどる」の如何にも亜浪らしいリフレインの見事さよ。ここまでくるともはや技だ。他の三句もまた、大景を詠うとともに、「死」を直截見つめたまさに亜浪の句なのである。亜浪はやはりどこまで行っても、亜浪（旅人）であった。

昭和十二年〜十四年の俳句

俳壇史的には、「人間探求派」が世間を賑わせていた時代だが、亜浪がその先駆け的な句を発表してきたことは、すでに書いたとおりである。

昭和十二年から終戦までの句業は、亜浪の第三句集『白道』に収められている。この句集は亜浪自身で出版した最後の句集でもあり、また様々な難儀の果てに、昭和二十一年五月に刊行されたため、紙質も悪く、その苦労のほどが伝わってくる。亜浪自身の句集「前記」の最初を引く。

　俳句は、民族魂の發露としての言靈の表現である——ことに思ひ至ると共に、民族魂の精髄たるまことに徹すべく思ひ定めた旅人の歩みはひたぶるである。

　草原を貫く一條の白道——その俳句に縋つて、人生の旅を旅する旅人の前には、唯だこの白道があるのみであつた。炎天も凍地もなかつた。常時も非常時もなかつた。

　そこに、句集「旅人」から、句集「白道」への繋りがあり、貫くものがある。

亜浪らしい、思いの籠った文章である。昭和二十一年二月に書かれたものであるが、戦後となっても、やはり亜浪は亜浪であった。その一本道こそがまさに亜浪なのである。だがそこに亜浪の欠点も潜んでいた。しかしそれもまた亜浪らしいというべきだろう。そこはいずれ述べる。
まずは、昭和十二年である。七月に支那事変が勃発し、いよいよ戦時色が深まっていく。

青麥の風に白鶏放たるる　（昭十二）

深大寺にて、二句（より一句）

山蛙常磐木落葉時しらず
林泉の外汽車がゆき五月雨るる
新涼の星ちりばめて二階の簾
きりぎりすゆふだち山を傾けつ

神島にて、二句（より一句）

秋暑く島の濱木綿花過ぎたり
舟虫に心遊ばせ月を待つ

句風としては、従来からの亜浪らしい、おおらかな感じが出ていて好感が持てる。特に、最初の「青麥」の句、青と白の色彩感覚も鮮やかに、亜浪の「白道」の精神を代弁するような見事な句といえるだろう。

続いて、昭和十三年へと移る。この年、亜浪も数えで六十歳、還暦も目前となった。いまでこそ還暦といってもそれほどの感慨はないかもしれないが、戦前という時代では一つの人生の大きな節目であった。事実、亜浪もその後しばらくして宿痾ともいうべき病に侵されることになる。

曙の尾花むらさきふくみけり　（昭十三）
元日のはこべら青き濱邊かな
天つ日の風花飛ばし松過ぎぬ
遠足に芹をもとめて女教師は

石楠記念日、三句（より一句）
八幡さまの芽木の時雨にたもとほる
かすみ來ぬ芽の疾きおそき楢櫟
夕涼の啼いて千鳥は海を指す
蛾の女王われと悲戀の身をやける

穏やかで、典雅で、亜浪の完成された詩情が感じられる。そしてまた、最後の句に見られるような情熱もだ。特に、「石楠記念日」の句、八幡さまに縋るようでもあり、愛しむ情念こそ、亜浪らしい本来の心情ではあるまいか。「かすみ」の句の「疾きおそき」のリフレイン的な表現も健在であり、「千鳥」の句の何かを指し示すようなメッセージ性も亜浪本来の姿であり、いよいよ完成しつつある詩情に近づいていることが分かる。

そして、昭和十四年へと移る。この年は、体調も万全であり、一つの頂点を示したときであった。

母子寮の厨に見えて葱白し　（昭十四）

朝陽映島、二句（より一句）

朝光げの八十島かけて年來り

旅人われはただに見過ぎぬ濱焚火

燈籠へ立つ影に寄る影のあり

雨來り鈴虫聲をたたみあへず

こほろぎが啼く夜の星の躬に近し

亜浪はいつまでも旅人であったし、「朝光げ」の中に立ち続けるのだ。「影」には影が寄り添い、虫の声は「たたみあへず」、星までも近くに感じるというのが、いわば亜浪の感性そのものであった。

そして、この年の一つの代表句が次の句であり、西垣脩の解説文とともに引用する。

枯草のそよげどそよげど富士端しき　（昭十四）

昭和十四年末大仁温泉に滞留せられた時の作。枯穂をのこした芒などが一面に視界を遮るやうにはびこつてゐたであらう。さうして一齊にその枯草が風になびいてゐる。が、その上に目近く富士の山容がもり上つて、そのボリュームを以て迫つてくる。悠々たる風格である。端然自若とした閑けさである。還暦をむかへ人生の峠をいくつも越えてこられた先生の胸に、この風光は深い音樂のやうにしみこんだであらう。この句は先生の「理念超脱」への願望を結ばせてゐると思ふ。「そよげどそよげど」といふ繰り返しは結句の「富士端しき」をよく生かしてゐる。繰り返しの强調には人間的な或は抵抗感があり、主觀的情調が濃い。それでゐて落ちついた明るさも十分打出されてゐる。枯草が平面的なひろがりと低さを感じさせるのは、一所に立停つての吟詠ではないのかも知れないと思はれる。とすると、この枯草は身近でない方がよいだらうか。　（『臼田亜浪先生』）

見事な鑑賞で、付け加えることはない。そして、もう一つ、忘れてはならないのが次の句だ。

天ゆ落つ華嚴日輪かざしけり　（昭十四）

この句、亜浪一世一代の代表句の一つであると私は考えている。天から、荘厳な仏教世界が降りてきたというのだ。そして、日輪もまた天上に掲げられている。やや漠然とした句ではあるが、亜浪の理想郷を暗示しているのである。亜浪の目指すものは、単なる俳句世界だけではなく、宗教的なものも含めた、華厳の世界である。そして、目指す理想とは、高く掲げられた日輪であった。亜浪の根本世界を示す句がここに誕生したのである。

だが、この句も、突然のように成ったわけではない。この句の前後には次の三句があり、その到来を予兆させるのだ。

山雷や毛野の青野に人も見えず　（二句前）

雪の層波なし華嚴落ちに落つ　（一句前）

龍頭の瀧にて

白龍の地軸をゆすり芽を誘ふ　（一句後）

昭和十五年～十七年の俳句

俳壇史的には、「人間探求派」が世間を賑わせていた時代だが、戦争はいよいよ混迷を深め、ついには太平洋戦争へと突き進んでいく。

この時期の大きな転換点として、亜浪が大きな病に侵されたことが挙げられる。亜浪自身の句集『白道』の「前記」より、その辺りの事情を明らかにしておく。

それにしてもこの集が、支那事變にはじまつて、太平洋戰争に及ぶ白日の悪夢の禍ひされてゐることは、何んといふ大きなおどろきと、大きなかなしみとであつたらうか。それ故私は、この悪夢裡の血腥ぐさい諸制作は、概ねこれを削り去つて了つた。そこに、私らの上に、悠久に平和の光が回り、自由の泉が甦つたことを語つてもゐる。

又、私自身には、縦し輕微なりにもせよ、昭和十五年と翌十六年と繰り返し襲はれた脳溢血の發作の爲めに、内外に亙る生活の一變を餘儀なくせしめられたことは、今更に感慨の深いものがある。さうした意味からも、この集は、私の心の影のひとしほ深いものがあるといへようか。

亜浪自身の身の上にも、否応なく戦争と病の影響が降りかかってきた時期であることが明らかである。

まずは、昭和十五年である。年初はしばしば訪れた伊豆大仁温泉で休養していた亜浪だったが、三月末に突然軽い脳溢血に侵され、病臥するに至る。その後、五月から八月にかけて、信州鹿教湯、田沢温泉、更には越後湯沢温泉と湯治を続けることとなった。

富士は時雨れつ香焚きこもる妻と我と　（昭十五）
撃たれ兎の眼底の涙吾は見しよ
寒旱青きものこそかなしけれ

最初の二句は、年初の大仁温泉での句であり、三句目もほぼ同時期の作品である。すなわち、脳溢血で倒れる直前の句ということになる。一句目の句の字余り感は亜浪独特のもの。そこに亜浪の思いが籠められていると見ていい。「兎」の句も、亜浪らしい小動物への愛情溢れる句だ。三句目、少し思いの発露が悲しげだ。「青」いものこそ悲しいというのは心情の現われではなかったか。少し脳溢血の予兆のようなものがあったのかもしれない。そんなことも思わせる句風だ。そして、もう一句、この大仁温泉で詠まれた句が、西垣脩により、代表句の一つとして『臼田亜浪先生』の中で取り上げられている。ここにその句とともに引用する。

大北風にあらがふ鷹の富士指せり　（昭十五）

先生の生涯をかけての仕事を、文學史家は或は新理想主義と云ひ、或は新浪曼主義と云ふ。「石楠」の出發は「意力的表現としての俳句」の提唱にはじまつたのに相違はない。俳句がともすれば日常性の世界に安住して趣味的な自己滿足に堕することへの反省からである。

したがつて先生の仕事は四十年の長い期間に及ぶが、一貫して理念的であつた。自然主義とは本質的にちがふのである。人間的眞實は高貴性とつながるといふのが先生の信念であつた。當今流行の「强制されたる眞實」を先生は藝術とはみとめられなかつた。先生の藝術上の仕事の意義はそこにあると思ふ。この句はその意味で先生の代表作といつてよい。題材は勿論、一句にひそむ「ちから」も單純簡明な表現のうちにみなぎつてゐる。精神の自由を意志の姿勢で希有の美として開花させるところに、藝術の使命のひとつがあることは常に變りはない。忘れてはならぬことと思ふ。

ここには、亜浪の思想も的確に語られている。「精神の自由を意志の姿勢で希有の美として開花させるところに、藝術の使命のひとつがある」という西垣脩の言葉は心に留めおくべき明言である。

昭和十五年の句をもう少しだけ挙げておく。

蜘蛛の糸ひとすぢ樅の空うごく　（昭十五）
曉けのかなかな三日月われをのぞき落つ
虫幽かなればおのづと人語澄む

特に最後の句。亜浪の澄み切った心がそのまま句になったかのような清澄感に溢れている。続いて昭和十六年へと移る。この年六月には妻とともに小諸町へ帰郷し、しばし小康状態を得る。しかし、九月には再度の脳溢血の発作があり、その後静養を続ける。

うつうつと雨のはくれむ瓣をとづ　（昭十六）
はくれむや銀糸の雨のをしみなく
月になる出水《みづ》の平らに月見草
九月四日復た脳溢血の發作あり、七句（より二句）
日輪病めり芙蓉の瓣の翳ふかく
日輪癒えてかなしき芙蓉前にあり

最初の二句は、戦後の亜浪最後の代表句「はくれむの」を予見させる句風であり、一方最後の二句は、日輪や芙蓉に思いを代弁させながらも、病と闘う気概を感じさせる句である。

そして、昭和十七年へと移る。この年は、外出を避け、静養を続けた。そのような中でも、『純粋俳句の鑑賞』と『道としての俳句』という見事な代表的俳論をまとめられたことは特筆されていい。亜浪もすでにこの時には六十三歳となっていた。その年齢と病状の中での著作は見事であった。

返り花子らが寫生の外に在り　（昭十七）
食菊の籠《こ》に滿ち露を滴らす
氷片の纖光に目高幽かなり
夜を白く富士聳ち山火々龍なす
電波急を告ぐるつつじは燃えてのみ
地につつじ燃ゆる翼の光げはしり

静養中とはいえ、亜浪らしさは健在であった。「氷片」の句など、いかにも亜浪らしい光の採用が見事である。「夜を白く」の句では、富士の大景を剛胆かつ壮麗に表現している。そして、最後の「つつじ」の二句。いかにも楸邨のつつじの句を思い起こさせる句風だが、これらもまた亜浪らしい、自己の思いと現実風景とを見事に融合させた句風であり、人間探求的な面もあわせもった亜浪本来の句の発露であった。

昭和十八年〜終戦までの俳句

いよいよ大きな区切りとなる昭和十八年から終戦までである。俳壇史的には、特高警察により、新興俳句のメンバーが逮捕されるなど、戦争の暗部がますます俳句を押しつぶそうとしていた。

太平洋戦争もいよいよ最後の破滅へと突き進んでいた時代である。

昭和十八年には、「石楠」二月号から発行部数の指定および減頁の命令を受けている。まさにそういう時代であった。亜浪の第三句集『白道』は、「終戦」で終わっているが、それにも様々な経緯があってのことである。その辺りは、句集『白道』の「追記」に収められているので、ここに紹介しておく。

この集は、最初昭和十二年より同十七年に至る六年間の制作、約二千中百三十餘句を嚴撰して輯成を了へ、ひと度び育英書院に手交せるも、時局の轉變に伴ひ、その上木は遷延また遷延。十九年に入り更に一年分追加の希望に任せ、約百二十餘句を加へて、爾來ひたすら上梓を待てるも道は漸く嶮難を加へて、遂に刊行の機を失するに至りし爲め、敢て成稿の返戻を求め、多摩河畔の僑居に滞留中の二十年八月十五日、終戰の大詔を拜するに及び、潸々たる悲憤の涙を拂ひ、老廢せる病軀を鞭打して全く心を新たにし、更に更に十九年一月より二十年三月草堂を退避せる一年有餘の制作を再び追補し、これを成稿として文匣に所藏し、同年極月中旬草堂に歸來後、栗生純夫らの熱意により、這次北信書房より刊行に決せる爲め、三度び終戰までの制作を補足し、以て文化日本としての祖國の新生に貢獻すべく、最後の集成を了するに至つたものである。感慨眞に無量である。

昭和二十一年二月一日、石楠書屋南庭の霏々たる降雪を望見しつつ戦前での刊行を考えていた句集『白道』が、戦争の影響でいくたびも流れ、戦後になってしまった悔しさのようななんともいえない感情を、この長い文章から感じることが出来るだろう。そして、この長い俳句の旅の果てにおいても、文化日本としての祖国の新生に貢献すべく、永遠の旅人であった。

そして、もう一つ、この追記からいえることは、もし戦時中という時局の問題がなければ、昭和十八年から終戦という今回の部分は、『白道』には収められていなかったということだ。そうであったとすれば、いよいよもって日の目を見る機会は少なくなっていたであろう。その意味では、この句集の延期に継ぐ延期はある意味幸運であった。終戦までの句業は決して見過ごされていいものではない。

まずは、昭和十八年である。この年には小諸町図書館に亜浪文庫が特設された。この文庫は今も残っており、亜浪の貴重な資料が展示されている。また、芭蕉二百五十年忌行事としての東京神田共立講堂において記念講演会を行うなど（十一月）、体調は小康を得ていた。

海境に落つ日を追うて風の雁　（昭十八）

噴くとのみ年の浅間を爐語りに　亞浪生

胸ひらく時なみ緑雨降りこむる
暮天白き雲に雲雀を啼き合はす
鵙去にし暮れ一と時の空白き
虫幽し木の葉しぐれの山路にて

どの句も、雄大で亜浪らしさが戻っている。見事で、荘厳な感じさえする。三句目の「胸ひらく」など、林火のあの名句に先立つものであり、弟子への影響力を見ることができるだろう。続いて、昭和十九年に移る。戦争による窮乏はいよいよ厳しく、「石楠」は俳句雑誌の企業整備の命により他の二誌と合併し、流派誌の一つとして存続を許され、五月から新規発足に至る。しかし亜浪は活動を停止してはいない。

年ゆくや掃かれて白き土の枯れ　（昭十九）
寒鰍突きし明治は遠くなりぬ
風　霾　に　乾　坤　昏　し　麥　二　月
黄塵や芽麥の丘を傾け押す
小鳥押す夜晴れ露けき梅もどき

出版のままならぬなかにあっても、少しも亜浪らしさを失っていない。
そして、いよいよ昭和二十年である。三月の東京大空襲により神田の印刷所等が焼失し、「石楠」は一月号のみで休刊のやむなきに至る。三月二十七日には、一家をあげて西多摩郡七生村へ疎開した。それでも亜浪の作句意欲は決して衰えてはいない。

　二月來し天ゆ雪舞ひ雪敷けり　（昭二十）
　叢竹や氷雨の氷柱鎧ひ立つ
　ぴほぴぴほぴと木の芽誘ひの雨の鶫

剛胆さ、リフレインの見事さは変わらない。そして、五月の連作へと続く。

　山上に人現はれつ春の蟬　（昭二十）
　雲悠かなれや五月の蟬の聲
　鋸泣いて蛙聲を刻む晝永し
　穗麥原日は光輪を懸けにけり
　青炎の天に漲り日は暈す

戦争もいよいよ終わりに近づきつつあった五月にこれほどの連作が生まれたというのも不思議なことかもしれない。特に、亜浪の後半生の代表句ともいうべき第四句目については、西垣脩の解説とともに引用する。

穂麥原日は光輪を懸けにけり

大きな風景をその大きさのまゝがつちりと受けとめ得るといふことは、畢竟作者が大きな世界を内藏してゐる證據になる。光燿を直視し得ることも、内に強烈なかゞやきを持たぬ小詩人の成しうるわざではない。殊に短詩形式で、大きな光燿の世界をものにしようと力みかへると、觀念的な空疎な作品になりやすい。先生がかういふ作品をみごとにものされることで特異な風格を示されるのは、必ずしも表現力といふやうな才能のちからばかりではない。故藤島武二畫伯が晩年、日の出ばかりを書き、殊に山上の朝日を描くために、未明けはしい徑を弟子達に腰を押させて登つたこと屢々であつたといふ逸話を、胸打たれて聞いたことがある。先生のこの作品も、昭和二十年、多摩川畔の穂麥原を不自由な足で歩かれたときの作だ。光輪を懸けた中天の日を仰ぎ、「はつとしてその穂麥の徑に一つ時立ちすくんだ」と先生は述懐してをられる。

（『臼田亜浪先生』）

見事な解説だ。亜浪の俳句にかける理想はどのような難局にあっても変わることはなかった。しかし流石の亜浪も、敗戦の報は堪えた。句集『白道』最後の二句はそのことを如実に物語っている。

八月十五日、終戦の大詔降る

忍べとのらす御聲のくらし蟬しぐれ

棘の路ゆかむとしては虫に哭く

12 亜浪の戦後

いよいよ終戦から亜浪が亡くなる昭和二十六年までである。亜浪は、俳句を日本固有の民族詩と捉えており、国威発揚を鼓舞したかのように捉えられたとしても不思議ではなく、様々な苦難に立ち向かわねばならなかった。だが、それに屈する亜浪ではなかった。

昭和二十一年一月には、早くも「石楠」を復刊した。三月には、蛇笏らとの共著『勤労俳句の鑑賞』、五月には句集『白道』『俳句の道標』と堰を切ったように上梓した。そんな中で、妻であるすてが六月に発病し、八月に亡くなった。それでも亜浪の作句活動は止むことはなかった。

淡雪や女雛は袂うち重ね　（昭二十一）

葉かげの蛾見出づ夕風到りけり

夜は秋の風鈴鳴つて月いざよふ

八月十三日夕妻終に逝く

妻死んで虫の音しげくなりし夜ぞ

昭和二十一年から二十三年までの句は『定本亜浪句集』より。亜浪らしい典雅な感じは変わっていない。だが、最後の亡き妻への句は、あまりに直截的で純朴ゆえにその悲しみが偲ばれる。昭和二十二年には、「をどるをどる湯山の月の滿つる夜を」や「雪散るや千曲の川音立ち來たり」の句碑が立つなど、活動は一見華やかだが、体調は必ずしも芳しくなく、痔疾に悩み、除幕式にも本人は臨席していない。しかしもちろん句作は続いている。

草枯れて夕光げの浪飛べりけり　（昭二十二）
潮騒や木の葉時雨るる夜の路
炎天の蝶黄塵に吹かれけり

亜浪も歳を重ねて、ますます純朴で単純化を極めたといえるだろう。

昭和二十三年には、十一月三日、古希祝賀並びに石楠社創刊三十五周年記念大会を鶴見総持寺で開催した。この会には流石に痔疾を押して出席したが、公式の席への出席はこれが最後となる。

尾花咲き獵夫ら富士をうしろにす　（昭二十三）

枯草に鴨の彩羽をむしりすつ

大雷雨悠然とゆく一人ありぬ

最後の句などは、やはり亜浪の後ろ姿を象徴しているといえるだろう。

昭和二十四年には、二月一日の誕生日を期して、『定本亜浪句集』が出版された。また、四月二十四日、長野市において「第一回石楠全國俳句大會」を開催するも、亜浪自身は出席していない。やはり体調を気遣ってのことであった。

眼つぶりて秋ゆく雷と聞きおくる　（昭二十四）

冬菊のその白珠の日をふふむ

雪焼けの白れむ風にもまれけり

蟬ききとめし子の瞳かがやく風みどり

昭和二十四年以降の句は追悼録『臼田亜浪先生』の「句集以後」より引用した。外出を控えた亜浪ではあったが、作句活動は至って活発であったといえるだろう。後ろの二句など如何にも亜浪らしさが出ている。

昭和二十五年には、四月二十九日に、愛知県豊川市にて「第二回石楠全國俳句大會」を開催する。だが、この年十一月一日の自転車との衝突事故により体調はひどく悪化した。

石楠花に鰹の刺身とろりとす　（昭二十五）

西へ西へ吹かれ峰雲の聳ち消ゆる

そして、いよいよ最期の昭和二十六年へ。春にはやや体調も回復したが、五月五日の神奈川県鶴巻鉱泉での「第三回石楠全國俳句大會」には出席していない。しかし、その五月には、奇跡的ともいうべき次の句を物している。西垣脩の最後の解説文とともに引用する。

白れむの的皪と我が朝は來ぬ　（昭二十六）

昭和二十六年作、つまり先生の最近作である。「白れむ」は「白木蓮」のこと。先生は「ん」といふ撥音をきらつて、わざと「白れむ」と書かれる。音感の微妙を愛されるのであらう。「的皪」は音テキレキ、「あざやか」とか「あきらか」といふ意味である。この語を思ひつかれたときの先生の快心ははた目も羨しくなるほどであつた。この語が先生の表現を待ち受けてゐたかのやうだ。骨身を削つて一語一句を活かす道を思はせられる。そして私たちが打たれるのは、「我が朝は來ぬ」といふ王者の如き所懐の表白である。この時、先生は自分をとりまくにぎやかな耀きを極めて自然に受けいれるほどに悠容たる境地に入りこんでをられる。この自負には些かの虚勢も誇張もない。この作が先生の世を去られる年の作品であることは、私たちに詩人の道の榮光をそのまゝ示顯してゐると云つてはいけないだらうか。

（『臼田亜浪先生』）

最後まで、見事な詩人であることを亜浪は示してくれたのである。この年十一月十日、三度目の脳溢血の発作に倒れた亜浪は、意識を取り戻すことなく、翌十一月十一日逝去したのであった。最後に、亜浪が俳句界へ残したものについて振り返っておこう。『臼田亜浪先生』の中の「近代俳句史上に於けるその業績」（太田鴻村）からの引用を踏まえつつ、最後のまとめとしたい。

近代俳句史上に於ける亞浪先生の業績は、私見を以てすれば、形式上、一句一章に廣義十七音の短詩的性格を探求し、内容上、大自然に歸一せんとする人間本來の念願を端的に自然感（後に實在感）と呼び、そこに、藝を越ゆる主客未分の純粋生活を一體としての民族詩の確立と及びその實踐にあつた。

一文章で亜浪の業績をいうとすれば、これ以上のものはないと思えるほどの的確さである。「自然感」の観点から、詩と人間と自然の三位一体の世界に無限の悟りともいうべき世界を目指した求心的態度が「道としての俳句」の実践であった。「一句一章論」も自然との一体化および求心的態度と無縁のものではなかった。
太田鴻村は、この三つの業績に加えて、さらにいくつかのことを予見しているが、まさにそれが現実のものとなっていることに驚かされる。一つは次の指摘である。

子規以來の萬有生命の根源に探り、趣味的偸安的作句態度から脱化して入り、純粋自我の生を端的に生じようとした革正的信念の結實と見てよい。

これらの成果が、すでに述べてきたように人間探求派や根源俳句の先駆的役割を果したといえるだろう。
さらには、戦後俳壇史を支えた多様な人材を「石楠」派は輩出し続けたこと、また、戦後俳壇総合誌を構想していたことなど、亜浪の業績は決して忘れられてはならないのである。

臼田亜浪年譜

明治十二年（〇歳）本名卯一郎。二月一日、長野県北佐久郡小諸町新町に生れる。半農半商の臼田文次郎長男。母さい（村上氏）。
明治十五年（三歳）三月妹てい生れる。母さい逝く。
明治十六年（四歳）十月継母かね（深井氏）を迎える。
明治十八年（六歳）小諸小学校西舎に入る。病弱のため一年休学。
明治十九年（七歳）二月弟戍二生れる。
明治二十年（八歳）十二月二妹いとじ生れる。
明治二十三年（十一歳）四月曾祖母きい逝く。行年八十三。
明治二十四年（十二歳）五月祖父市助逝く。行年六十二。
明治二十五年（十三歳）十二月三妹喜和生れる。
明治二十七年（十五歳）三月小諸小学校卒業。中村嵐松父子により俳句を知り、一兎と号する。藩儒角田氏につき漢籍を学ぶ。
明治二十八年（十六歳）小諸義塾に学ぶ。
明治二十九年（十七歳）決意し上京、工談会に寄宿する。
明治三十年（十八歳）五月四妹よし生れる。工手学校予科に入る。
明治三十一年（十九歳）明治法律学校に入る。病をえて帰郷する。
明治三十二年（二十歳）再び上京、石塚重平家に寄食する。
明治三十三年（二十一歳）春、鎌倉石塚別邸にて療養。句作欲おこり日本派の作風に倣う。
明治三十四年（二十二歳）和仏法律学校に転学。この頃「文庫」に投句。冬石塚重平翁に随って帰郷その政戦に参加。十一月三日深井すてとの婚儀をあげる。
明治三十五年（二十三歳）この頃短歌を与謝野鉄幹に、俳句を高浜虚子に教えを乞う。長妹てい萩原貞次に嫁ぐ。
明治三十六年（二十四歳）七月継母逝く。九月妻を伴って上京、靖国神社前に初めて家を成し、寄宿舎羅漢洞を経営。
明治三十七年（二十五歳）苦学多年ののち法政大学を卒業。
明治三十八年（二十六歳）麹町区三番町に移る。茅原華山主宰の雑誌「向上主義」を編集。同記者として内藤鳴雪、岡本癖三酔などを訪れる。弟戍二渡米。
明治三十九年（二十七歳）麹町区紀尾井町に移る。渡邊国武子の知遇をえて電報新聞社に入る。政治部を担当し、傍ら論文に筆を執る。河井酔茗、中山丙子、窪田空穂の諸氏あり、同年七月社会部長となる。大阪毎日、電報新聞の合併に依り毎日電報となるに及び経済部に転じる。
明治四十年（二十八歳）八月毎日電報記者として富士山上通信の任にあたるため登山。この月石塚翁逝く。渡邊千冬の政戦に参じて帰郷。石楠の別号にて『西郷南洲言行録』を東亜堂より出版。
明治四十一年（二十九歳）十一月毎日電報を退き、横浜貿易新報編集長となる。『南洲言志録講話』を東亜堂より上梓。
明治四十二年（三十歳）三月やまと新聞に転じて編集長となる。四谷区左門町に移居する。
明治四十四年（三十二歳）信濃史料編纂会を起す。弟戍二病んで米国より帰る。やまと新聞紙上に創作「車百合」を連載。『楓関無辺一茶俳句二色評』を好文社より出版。
明治四十五年（三十三歳）七月明治天皇崩御、改元。二妹いとじ土方邦三に嫁す。
大正二年（三十四歳）四谷区信濃町に移る。義弟萩原貞次逝く。六月弟戍二逝く。九月祖母いちを喪う。三妹喜和を加藤健児に嫁がせる。『正伝真田三代記』成り東京堂より発刊、天覧台覧を賜る。この頃、俳壇へ復活の意動きつつあり、当時やまと新聞社に牧野銀杏庵のいた関係上、南柯例会に出席する。
大正三年（三十五歳）腎臓を病む。六月信州渋温泉に静養。八月再び渋に至りたまたま久し振りに高浜虚子に会い、いよいよ俳壇に立つ意を決する。

「ホトトギス」子規十三回忌記念号に「俳句に甦りて」を寄稿。精進に努める。十月初めて大須賀乙字に会う。十一月、石楠社を創立、第一回句会をひらく。やまと新聞編集監督兼地方部長に転ずる。

大正四年（三十六歳）乙字の援助をえて三月十五日「石楠」を創刊。六月東京市外代々木山谷一七五に移る。六月下旬より江戸記念博覧会の事務に忙殺される。九月青山閣に置いていた発行所を石楠書屋に移し、一切の事業関係を絶ってもっぱら俳句に後半生を託すことを決意する。

大正五年（三十七歳）「石楠」創刊以来俳壇の革正を念として縦横の批判を敢えてする。ために「ホトトギス」「海紅」その他の人々と漸く疎隔するに至る。この冬遂にやまと新聞を辞する。

大正六年（三十八歳）一月より、「石楠」の体裁を菊判に改める。四月石楠第一句集「炬火」を東雲堂より発行。十一月『評釈正岡子規』を俳句世界社より刊行。長妹てい長岡積に再婚。

大正七年（三十九歳）二月岩手日報主催東北俳句大会にのぞむ。いよいよ「石楠」の勢圏の拡大されるにつれて一大転換の必要にせまられるに至り「表現の自由と季感の拡充」を発表。ついで「俳句の為め俳壇の為め」を発表し各派の障壁を撤しこの共同研究を勧説する。かくて内紛漸く萌し、遂に乙字及びその門下と袂を分つに至る。冬に入り流行性感冒が猛威をふるい一家枕を並べて病む。

大正八年（四十歳）一月、三妹加藤喜和逝く。遺子登代子（六歳）を養う。四月一家をあげて、帰郷、別所温泉にて静養。七月秋田へ。同月「石楠」に創作「高橋伊勢守」を発表。十月名古屋における文芸大会にのぞみ諏訪を経て帰京。

大正九年（四十一歳）一月大須賀乙字、吉野左衛門相ついで逝く。二月「自然愛と人間苦」を発表。即ち苦悩と自然愛との触れ合う刹那にこそ芸術境は展けまことの俳句が生まれると確信する。二月丸山晩霞とともに東海へ。関西各地を経巡って帰京。八月北陸巡遊の途にのぼる。帰途柏原に下車し、一茶の墓に詣でる。「まどゐ」九月号に「稿本亜浪句集」を特集。十月小川芋銭画伯と携えて信濃に遊ぶ。長野、戸隠、柏原、赤倉に至り木曾路を経て帰京。歳晩また流感に襲われ一家呻吟する。

大正十年（四十二歳）年頭流感と腫物に悩まされ臥床月余に及ぶ。この頃「炎天」発行を企図していた風見明成及びその門下と分袂する。五月房州館山へ。七月小諸浅間山研究会の委嘱により島崎藤村らと講演、菱野鉱泉に滞在する。十月西下、高山より岐阜静岡を経て帰る。

大正十一年（四十三歳）四月三日、市外下高井戸吉田園に石楠大会を催す。七月一家をあげて伊豆土肥温泉に逗留すること五旬。九月末土方三郎に嫁がせるため四妹よし子を伴い神戸に赴き、大阪その他を巡遊、高野山に登り笠置を経て帰京。

大正十二年（四十四歳）この年石楠パンフレット『俳句を求むる心』『芭蕉を中心として』『内容としての自然感』など石楠社より刊行。七月信州中泉で開催の夏期大学の講師として招かれる。九月一日関東大震災、門下石井陵雪、富田木歩これに斃れる。

大正十三年（四十五歳）一月北門雪中の旅に上り、倶知安、仁木、札幌、野付牛、網走より斜里をめぐり帰途盛岡を経て月末帰京。この年あらたに「名古屋新聞」「新潟毎日新聞」「信濃毎日新聞」の俳壇を担当する。

大正十四年（四十六歳）三月石楠十周年記念並びに銀婚祝賀俳句大会を東京市小石川区白山、白山閣にひらく。『亜浪句鈔』刊行。七月太田鴻村を伴い出雲路の旅に出る。十月祖母、母、弟の法要のため小諸へ帰省。

大正十五年（四十七歳）三月坐骨神経痛を患う妻を伴い伊豆古奈温泉白石館に滞在。『評釈子規の名句』を資文堂より刊行。九月、一茶百年祭講演のため信濃へ。十月房州に遊ぶ。十二月大正天皇崩御、改元。

昭和二年（四十八歳）年頭早々風邪をこじらせて

薬餌に親しむ。四月下野文化会の招聘により宇都宮にて講演。七月東海、関西の旅へ。石楠パンフレット『一句一章論』刊行。この年愛知県渥美郡泉村江比間に「夕凪や濱蜻蛉につつまれて」の句碑建つ。

昭和三年（四十九歳）四月神奈川県愛甲郡中津村に「鵯のそれきり鳴かず雪の暮」の句碑除幕式。五月満鮮旅行。帰途五月二十八日京城の客舎にて老父危篤の飛電に接し倉皇帰京、直ちに郷里小諸へ、六月四日遂に長逝。同中旬中野に起工中の石楠書屋落成、移転。『評釈一茶の名句』資文堂より刊行。十月信州松尾八幡山に建設の平栗猪山句碑除幕式及び飯田市における蕉雨百年祭にのぞむ。姪勝子と鐘一路の婚儀を石楠書屋であげる。

昭和四年（五十歳）三月石楠十五周年記念大会を市外原宿参道橋明治神宮講会館でひらく。四月岩手県下俳句大会にのぞみ、平泉中尊寺へ詣でる。五月四国、九州の旅にのぼる。この月北海道中川郡本別町諏訪山上に「宵々に雪ふむ旅も半なり」の句碑建つ。石楠第二句集『黎明』刊行。現代日本文学全集『現代短歌俳句集』（改造社発刊）に参加。

昭和五年（五十一歳）五月関西へ。広島より山陰に入り金沢へ廻り、北陸より越後への旅をつづけ長野へ入り帰京。十月岩手県平泉中尊寺に「夢の世の春は寒かり啼け閑古」の句碑建つ。十月長野における九万字句集出版記念句会、十一月中込佐久俳句大会に臨席。また十一月に杉風十六世の孫杉山権兵衛の嘱により杉風遺句及墓誌名をしるす。

昭和六年（五十二歳）三月風邪予後静養のため伊豆古奈温泉へ。四月姪加藤登代子を養女として入籍の手続を終る。九月満州事変突発。同月東北巡遊の途に上る。

昭和七年（五十三歳）四月関西、九州へ旅立つ。五月十五日長野にて田中美穂句集刊行記念俳句大会にのぞむ。八月『英訳古今俳句一千吟』の著者宮森麻太郎の嘱により「作句の契機を釈く」を脱稿。この年新潮社発刊『日本文学大辞典』に十数項を執筆する。

昭和八年（五十四歳）三月新潟県今町へ。四月養嗣子九星と登代子との婚儀をあげる。

昭和九年（五十五歳）五月不眠症のため栃木県塩原温泉福渡戸和泉屋へ。六月小諸へ赴き菱野鉱泉に一泊。十一月三日東京代々木八幡境内に「その昔代々木の月のほととぎす」句碑除幕式挙行。この年富山房発行『国民百科大辞典』に数十項執筆。

昭和十年（五十六歳）年頭、句集『山光』完成のため伊豆古奈温泉にあり、伊豆各地に遊んで帰京。四月目黒雅叙園にて、石楠二十周年記念大会を開く。石楠第三句集『山光』刊行。六月福岡県八幡市荒生田遊園に「葉櫻や筑紫の山の風もなや」の句碑建つ。九月北満の旅に都門を出て満州各地をめぐり北京まで到り朝鮮を経て十一月中旬帰京。十月愛知県南設楽郡鳳来峡に「河鹿の聲の水を流るる書餉かな」の句碑建つ。

昭和十一年（五十七歳）年頭、妻とともに信州上山田温泉にあり。五月長野善光寺開帳奉讃俳句大会にのぞむ。七月越佐の旅へ。八月北海、樺太の旅にのぼる。

昭和十二年（五十八歳）年頭、妻とともに南伊豆熱川温泉にあり。四月、句集『旅人』交蘭社より発刊。七月支那事変勃発。八月南信、南宮峡「時雨れむず橋下の水の秋の聲」句碑除幕式にのぞみ、三河に出でて江比間に遊んで帰京。

昭和十三年（五十九歳）二月俳句文学全集「亜浪篇」第一書房より発刊。五月信州飯田、山田居麓庭前に「鵙の子が育つにまかせ明暮を」の句碑建つ。また改造社発行「俳句三代集」の審査員として、数ヶ月に亘り漸く十二月選了。伊豆大仁温泉へ。

昭和十四年（六十歳）妻とともに伊豆大仁温泉ホテルで新年を迎える。四月長野俳句大会へ出席、帰途上山田温泉に遊ぶ。五月林火を伴って栃木俳句大会にのぞみ、奥日光をめぐって帰京。

昭和十五年（六十一歳）年頭、大仁温泉にあり。三月末軽い脳溢血に冒され、病臥。五月中旬、妻とともに信州鹿教湯にあり、ついで田沢温泉にうつり六月初旬帰宅。なお静養のため七月より八月にかけて越後湯沢温泉に滞在。日本俳句作家協会創立、その役員となる。病次第に軽快、心配のない状態になったため十月妻を伴い東都出発、京都にて佐野良太、福島小蕾らと会し、ともに橿原神宮に参拝。

昭和十六年（六十二歳）六月、妻とともに小諸町へ帰国、石塚重平翁記念碑除幕式にのぞみ、上山田温泉に滞留して帰京。九月四日再度脳溢血の発作あり、公私の用務をすべて擲って静養をつづける。十月『俳句の成るまで』を育英書院より刊行。十一月三日北海道洞爺湖畔の句碑「月となる洞爺の水へ虫通ふ」成る。

昭和十七年（六十三歳）この年外出をさけ静養をつづける。五月、新土社より『純粋俳句の鑑賞』を、また育英書院より『道としての俳句』を刊行。

昭和十八年（六十四歳）「石楠」二月号より発行部数の指定及び減頁の命令をうける。芭蕉二百五十年忌行事のひとつとして十一月十四日東京神田共立講堂にて記念講演会及び献詠俳句大会に九星を代理として入選俳句の選後感を述べさせる。この年長野県小諸町図書館に亜浪文庫特設される。

昭和十九年（六十五歳）俳句雑誌の企業整備の命令により、「ちまき」「木の華」二誌を合併し流派誌のひとつとして存続を承認され五月号より新発足する。

昭和二十年（六十六歳）三月神田区内にあった印刷所及び用紙保管倉庫が戦災にて焼失したため、一月号を発行したのみで「石楠」は休刊のやむなきに至る。三月二十七日石楠社は九星及び種茅にまかせ、一家を挙げて都下西多摩郡七生村三澤土方方へ疎開する。八月十五日の敗戦の詔勅出る。十二月漸く戦火を免れた中野の石楠社へもどる。

昭和二十一年（六十七歳）一月「石楠」を復刊し、印刷所を長野市大日本法令印刷株式会社に移す。三月、目黒書店より亜浪、蛇笏、風生、秋桜子共著『勤労俳句の鑑賞』刊行。五月北信書房より句集『白道』、菊書房より『俳句の道標』上梓。六月九日妻すて発病、八月十三日遂に逝く。中野宝仙寺に葬る。七月北信書房より『俳句の旅を行く』、九月富岳本社より『現代俳句新選』刊行。

昭和二十二年（六十八歳）五月北海道登別温泉に「をどるをどる湯山の月の満つる夜を」の句碑建つ。同十八日長野県小諸町懐古園内に「雪散るや千曲の川音立ち来り」の句碑建ち、その除幕式に代理として、九星、鐘一路を臨席させる。痔疾になやむ。八月、富岳本社より『現代俳句全集第三巻』（亜浪、蛇笏、夜半篇）発行。

昭和二十三年（六十九歳）十一月三日古稀祝賀並びに石楠社創立三十五周年記念大会を鶴見總持寺で開く。痔疾を押して臨席。公式の席に出たのはこれが最後。爾後病を怖れ家に籠り遠い外出を厭う。

昭和二十四年（七十歳）二月一日誕生日を期し『定本亜浪句集』成る。四月二十四日長野市に第一回石楠全国俳句大会を開催。

昭和二十五年（七十一歳）四月二十九日第二回石楠全国俳句大会を愛知県豊川市で催す。十一月一日自転車と衝突の事故により精神的、肉体的に衰える。

昭和二十六年（七十二歳）春立つとともに心身やや恢復したが、五月五日神奈川県鶴巻鉱泉光鶴園で開催された第三回石楠全国俳句大会にも臨席できず。七月長野県菱野鉱泉薬師館庭前の「郭公や薬師立たせる山の霧」の句碑除幕式に種茅列席。十一月十日午後四時頃三度目の脳溢血の発作があり、金子麒麟草及び児玉、佐藤国手の手当も施す術なく意識不明のまま、翌十一日午後零時過ぎ逝く。法名石楠院唯眞亞浪居士。十三日杉並区堀内火葬場にて荼毘にふし、十四日午後二時より中野宝仙寺に富田要奴大僧正を導師として告別式を行い、同寺内墓域に埋葬する。

昭和二十七年　石楠社より亜浪追悼録『臼田亜浪先生』刊行。

昭和五十二年　臼田亜浪全句集刊行会より『臼田亜浪全句集』刊行。

＊本年譜は亜浪追悼録『臼田亜浪先生』記載の年譜を現代かなづかいに修正し、一部追記したものである。また、現代文としてそのまま訳しづらい場合、文章も修正を加えた。さらに、年齢も数えから満年齢に見直した。

引用・参考文献

『現代一〇〇名句集①』（東京四季出版）
『現代の俳句』平井照敏編（講談社）
『座の文学』尾形仂著（角川書店）
『俳句が文学になるとき』仁平勝著（五柳書院）
『俳句を求むる心』臼田亜浪著（石楠社）
『臼田亜浪先生』（石楠社）
『妹尾健俳句評論論文選Ⅱ』妹尾健著（非売品・著者寄贈）
『古典俳句を学ぶ　上』井本農一・堀信夫編（有斐閣選書）
『日本文学の歴史7　近世篇1』ドナルド・キーン著（中央公論社）
『道としての俳句』臼田亜浪著（育英書院）
『俳句の旅をゆく』臼田亜浪著（北信書房）
『芭蕉・蕪村』尾形仂著（花神社）
『臼田亜浪と江比間につらなる俳人』（渥美町郷土資料館編集発行）
句集『旅人』臼田亜浪著（交蘭社）
句集『白道』臼田亜浪著（北信書房）

『定本亜浪句集』臼田亜浪著（石楠社）
『加藤楸邨集』朝日文庫（朝日新聞社）
『山口誓子集』朝日文庫（朝日新聞社）
『現代俳句』山本健吉著（角川書店）
『名歌名句辞典』佐佐木幸綱・復本一郎編（三省堂）
『芭蕉百名言』山下一海著（富士見書房）
『自選自解　山口誓子句集』（白鳳社）

俳句雑誌、総合誌

「石楠」創刊号（大正四年三月）
「評伝　大正の俳人たち23　臼田亜浪」松井利彦著（「俳句研究」一九九四年十一月号）
「俳句に甦りて」臼田亜浪著（「ホトトギス」大正三年十一月号）
「斯くして進み行かば」臼田亜浪著（「ホトトギス」大正四年一月号）
「季感象徴論」大須賀乙字著（「常磐木」大正八年一月号）

あとがき

この本の内容は、「俳句四季」誌上において、二〇一〇年四月号から、三年半にわたり連載させていただいた臼田亜浪に関する原稿をもとに、加筆訂正を行い、さらに小論を追加したものである。

その後の二年間の間に、より内容の濃いものにしたかったのだが、十分な時間を取ることができなかった。よって、亜浪の研究を今後も進めていくという意味では、「臼田亜浪序論」とでも言うべきものである。十分な亜浪論とは言い難いが、亜浪を知るための一助となっていただければありがたく、この本によって亜浪に関心を持たれる方が増えることを期待したい。

また、いつもながら、上梓に関しては東京四季出版の方々にお世話になった。直接担当いただいた北野太一氏はもちろん、いつも声をかけてくださる西井洋子氏、また陰ながら私を支え続けてくれた松尾正光氏に心より御礼申し上げる。さらに、「俳句四季」での長い連載を辛抱強く支えていただいた上野佐緒氏にも感謝したい。

平成二十七年八月吉日

加藤哲也

著者略歴

加藤哲也（かとう・てつや）

1958年　愛知県岡崎市生まれ
1983年　京都大学工学部大学院修士課程卒
1985年　寺島初巳（現「蒼穹」主宰）より俳句の楽しさを学ぶ
1987年　「松籟」入会　加藤燕雨に師事
1995年　「松籟」新人賞・評論賞など受賞
　　　　「松籟」同人（「松籟」はその後退会）
1998年　「銀化」入会　中原道夫に師事
2002年　「銀化」同人

著書
2001年　評論集『俳人加藤燕雨』（東京四季出版）
2002年　評論集『ときめきの名句』（同右）
2005年　句集『舌頭』（富士見書房）
2007年　評論集『寺島初巳秀句抄』（東京四季出版）
2008年　評論集『燕雨俳句の行方』（同右）

現在　俳人協会　愛知県支部幹事
　　　朝日新聞東海版俳壇「東海俳壇」選者
　　　中日文化センター栄教室俳句講師
　　　「銀化」第一同人
　　　「蒼穹」副主宰
　　　カルチャーセンター「暮らしの学校」俳句講師
　　　日本文藝家協会会員

臼田《うすだ》亜《あ》浪《ろう》の光《こう》彩《さい》

発行　平成二十七年十一月十日
著者　加藤哲也
発行人　西井洋子
発行所　株式会社東京四季出版
〒189-0013 東京都東村山市栄町二―二二―二八
電話　〇四二（三九九）二一八〇
装幀　山口信博
印刷　株式会社シナノ
定価　本体二〇〇〇円＋税

ISBN978－4－8129－0882－2